五《ご》年《ねん》霊《れい》組《くみ》こわいもの係《がかり》④

春《はる》、鏡《かがみ》を失《うしな》う。

床《とこ》丸《まる》迷《まよ》人《と》・作
浜《はま》弓《ゆみ》場《ば》 双《そう》・絵

角川つばさ文庫

目次《もくじ》

登《とう》場《じょう》人《じん》物《ぶつ》紹《しょう》介《かい》

高《たか》田《だ》春《はる》

今年《ことし》のこわいもの係《がかり》。
演劇《えんげき》クラブ所属《しょぞく》で
度胸《どきょう》のある女《おんな》の子《こ》。
将来《しょうらい》の夢《ゆめ》は、演技《えんぎ》派《は》女優《じょゆう》！

鏡子《きょうこ》さん

北校舎《きたこうしゃ》の家庭科室《かていかしつ》の
大鏡《おおかがみ》にやどった
鏡《かがみ》の精《せい》。

ドクパン

理科室《りかしつ》のガイコツ模型《もけい》。
オシャレとかわいい
ものが大好《だいす》き。

花《はな》ちゃん

あさひ小《しょう》に住《す》みついた
座敷《ざしき》わらし。見《み》た目《め》は
「トイレの花子《はなこ》さん」。

日野陽介《ひのようすけ》

友花《ともか》のおさななじみ。
学校中《がっこうじゅう》の人気者《にんきもの》。

豊川友花《とよかわともか》

去年《きょねん》と一昨年《おととし》の
こわいもの係《がかり》で
今《いま》は生徒会長《せいとかいちょう》。

1 呪《のろ》いの十三階《かい》段《だん》

あぁ……。夏休《なつやす》みが、もうすぐ終《お》わる。

今日《きょう》、あさひ小学校《しょうがっこう》は、夏休《なつやす》み二回目《かいめ》の登校日《とうこうび》をむかえていた。

この物語《ものがたり》の主人公《しゅじんこう》であるわたしこと、**高田春《たかだはる》**が通《かよ》うあさひ小《しょう》には、夏休《なつやす》み中《ちゅう》に二回《かい》、登校日《とうこうび》がある。

一回目《かいめ》は八月一日《がつついたち》、二回目《かいめ》が八月《がつ》二十一日《にち》。

一回目《かいめ》の登校日《とうこうび》、みんなの顔《かお》はキラキラ輝《かがや》いている。

だって、夏休《なつやす》みは始《はじ》まったばかり。まだ三十日《にち》も休《やす》みがのこっているんだもん。

でも二回目《かいめ》の登校日《とうこうび》となると、一転《いってん》してみな、どんより暗《くら》い顔《かお》になる。

もちろん、夏休《なつやす》みの遊《あそ》びづかれってこともあるけれど、やはり一番《いちばん》の気《き》がかりは、やりのこしている宿題《しゅくだい》のことだ。

おおくの小学生《しょうがくせい》はこの時期《じき》、のこりわずかとなった時間《じかん》で、宿題《しゅくだい》をどうやりくりしていくか……ってことに、頭《あたま》を悩《なや》ませ、ちいさなむねを痛《いた》めるんだよね。

言《い》うまでもないことですが、もちろん、わたしもその中《なか》の一人《ひとり》です。

てなわけで、さぞかしあさひ小学校全体《しょうがっこうぜんたい》に、そして五年《ねん》一組《くみ》の教室《きょうしつ》に、どよーんとしたふんいきが漂《ただよ》っているんだろうな……と、思《おも》いながら、登校《とうこう》してきたんだけど。

おやおや。

朝一番《あさいちばん》から、クラスの男子《だんし》が集《あつ》まって、わいのわいのと元気《げんき》いっぱい盛《も》りあがってます。

予想外《よそうがい》の光景《こうけい》にすこーし驚《おどろ》きつつランドセルをおろすと、前《まえ》の席《せき》の清田沙也佳《きよたさやか》ちゃんに、「おはよ」と声《こえ》をかけた。

「おはよ、春《はる》。ひさしぶり」

沙也佳《さやか》ちゃんはわたしと同《おな》じ、あさひ小学校演劇《しょうがっこうえんげき》クラブ『あさひ座《ざ》』の部員《ぶいん》だ。だから十日《とおか》くらい前《まえ》までは、毎日練習《まいにちれんしゅう》で顔《かお》をあわせていた。そのクラブの練習《れんしゅう》も、八月《がつ》十一日《にち》からお盆休《ぼんやす》みに入《はい》ったので、ひさしぶりと言《い》われればひさしぶりではある。

「男子《だんし》、ミョーに盛《も》りあがってるね」

「そうなのよ。まったく、雄生《ゆうせい》のヤツ。ベラベラペラペラと……」

雄生《ゆうせい》くん……？

よくよく見《み》ると、男子《だんし》の輪《わ》の中心《ちゅうしん》にいるのは、たしかに『あさひ座《ざ》』の照明《しょうめい》＋大道具《おおどうぐ》担当《たんとう》、佐藤雄生《さとうゆうせい》くんだ。

おおきな身《み》ぶり手《て》ぶりをまじえながら、なにやら興奮気味《こうふんぎみ》に話《はなし》をしている。

沙也佳《さやか》ちゃんは、わたしの机《つくえ》の上《うえ》に片《かた》ひじ立《た》ててほおづえをつくと、ぶ然《ぜん》とした表情《ひょうじょう》で言《い》いはなった。

「むかセンの怪談話《かいだんばなし》の報告会《ほうこくかい》みたいだよ」

あ。

……あ、そう……なの。

雄生《ゆうせい》くんの話《はなし》に耳《みみ》をそばだててみると、たしかに「むかセンがどうのこうの……」と、もれ聞《き》こえてくる。

たはは……。

ことのてんまつを、裏《うら》のウラの、そのまたＵＲＡまで知《し》っているわたしとしては、なんともコメントのしようがない。

「あーあ。わたし、むかセンでのできごと、はやく忘《わす》れたいのになぁ……。雄生《ゆうせい》ったら、図体《ずうたい》でかいくせにおしゃべりなんだから」

あさひ座《ざ》が夏合宿《なつがっしゅく》をした『むかざき山少年少女活動《やましょうねんしょうじょかつどう》センター』、通称《つうしょう》『むかセン』で、こわぁい体験《たいけん》をした沙也佳《さやか》ちゃんが、ブツブツと文句《もんく》をたれる。

身体《からだ》がおおきいこととおしゃべりがどう関係《かんけい》するのかはイマイチ意味不明《いみふめい》だけど、まぁ、わたしも、かなり同感《どうかん》です。

『**こわいもの係**《がかり》』の立場《たちば》から言《い》わせてもらえれば、沙也佳《さやか》ちゃんとは別《べつ》の意味《いみ》で、はやいとこ記《き》憶《おく》から消《け》し去《さ》りたい事件《じけん》だからね。

あ、『こわいもの係《がかり》』ってのは、**五年霊組**《ねんれいくみ》の摩訶不思議《まかふしぎ》なクラスメートたちと力《ちから》を合《あ》わせて、あさひ小学校《しょうがっこう》でおこる霊的《れいてき》な事件《じけん》を解決《かいけつ》するのが仕事《しごと》なんだ。

こわいもの係《がかり》の力《ちから》になってくれる霊組《れいくみ》メンバーは、全部《ぜんぶ》で三人《にん》と一匹《ぴき》。

家庭科室《かていかしつ》の大鏡《おおかがみ》に宿《やど》る、鏡《かがみ》の精霊《せいれい》、**鏡子**《きょうこ》**さん**。

あさひ小《しょう》の守《まも》り神《がみ》、座敷《ざしき》わらしのちいさな女《おんな》の子《こ》、**花**《はな》**ちゃん**。

理科室《りかしつ》の標本模型《ひょうほんもけい》で、オシャレ命《いのち》のガイコツ、**ドクパン**。

そして子《こ》どもオオカミの幽霊《ゆうれい》、**わんころべぇ**。

あさひ小《しょう》の子《こ》どもたちの安心安全《あんしんあんぜん》を守《まも》るため、日々《ひび》、かげながらがんばっているのですっ。

……と、むねをはって、言《い》いたいところなんだけど。

むかざき山《やま》での（ある意味《いみ》）悪夢《あくむ》のような事件以来《じけんいらい》、自信《じしん》をもって言《い》いきれなくなっちゃったよ。

だって、むかセンでの一連《いちれん》の騒動《そうどう》の原因《げんいん》は、わたしたちだったんだから。

あさひ小《しょう》の子《こ》どもたちを守《まも》るはずの五年霊組《ねんれいくみ》のめんめんが、あさひ座《ざ》の部員《ぶいん》を、身《み》も心《こころ》も凍《こお》る恐怖《きょうふ》のズンドコにおとしいれ、合宿《がっしゅく》をメチャクチャにしてしまったの。

あぁ、これ……。

きっと、霊組《れいくみ》はじまって以来《いらい》の黒歴史《くろれきし》だよ。

ホントにもう、はやく忘《わす》れたいっ。


「ひゃーっ」

「こえぇ……」

「もう、オレ、むかざき山《やま》には行《い》かねぇ〜」

ひととおり話《はなし》が終《お》わったのだろう、いっせいに男子《だんし》たちの悲鳴《ひめい》があがった。

恐怖《きょうふ》に顔《かお》を引《ひ》きつらせる聴衆《ちょうしゅう》の反応《はんのう》に、雄生《ゆうせい》くんもずいぶんとご満悦《まんえつ》の様子《ようす》。

会心《かいしん》の笑《え》みを浮《う》かべて、むねをそらしている。

ああ……。

世《よ》の『都市伝説《としでんせつ》』とか『怪談話《かいだんばなし》』ってやつは、こうやって広《ひろ》まっていくんだね。

こうしてまたひとつ、N市《し》の怪談《かいだん》の名所《めいしょ》、恐怖《きょうふ》の心霊《しんれい》スポットとして、むかセンが不動《ふどう》の地位《ちい》を獲得《かくとく》することとあいなりました、めでたしめでたし……ってわけだ。

やれやれ。

むかセン管理人《かんりにん》の佐野《さの》おじさん、ホントーにごめんなさい……と、目《め》を閉《と》じ、心《こころ》の中《なか》でもう一《いち》度《ど》、謝《あやま》っておく。

ところが、男子《だんし》による『真夏《まなつ》の怪談話報告会《かいだんばなしほうこくかい》』はコレで終《お》わりではなかった。

ざわめきが一段落《いちだんらく》ついたところで、今度《こんど》は早田誠司《そうだせいじ》くんが、

「――そういえばオレもひとつ、あるんだ。となりのH市《し》に住《す》んでいる、いとこの兄《あん》ちゃんから聞《き》いたんだけどさ」と、新《あら》たな話題《わだい》を持《も》ち出《だ》してきたのだ。

誠司《せいじ》くんは声《こえ》がおおきいので、話《はなし》の内容《ないよう》は聞《き》く気《き》がなくとも、自然《しぜん》と耳《みみ》に入《はい》ってくる。

へへぇ。

さてさて、どんなお話《はなし》でしょうかねぇ？

「——H市《し》のはずれに古《ふる》い廃墟《はいきょ》ビルがあってさ、そこの『**十三階段《かいだん》の呪《のろ》い**』の話《はなし》なんだけど……」

あぁー、はいはい。出《で》ました出《で》ました。

日本全国津々浦々《にほんぜんこくつつうらうら》、階段好《かいだんず》きの……、おっとマチガイ、怪談好《かいだんず》きのみなさま、お待《ま》たせいたしましたぁ。

『十三階段《かいだん》の呪《のろ》い』の登場《とうじょう》でぇす。

……って。ベタすぎて、おもわず笑《わら》っちゃったよ。

だって『十三階段《かいだん》の呪《のろ》い』って、アレでしょ？

十二段《だん》しかないはずの階段《かいだん》が、ま夜中《よなか》とかに数《かぞ》えてみたら、一段《だん》増《ふ》えて十三段《だん》になっているってやつ。

学校《がっこう》の七不思議《ななふしぎ》や怪談話《かいだんばなし》は星《ほし》の数《かず》ほどあれ、わたし、この『十三階段《かいだん》の呪《のろ》い』の話《はなし》が、一番納得《いちばんなっとく》いかないんだよね。

それを言《い》っちゃあ、おしまいよ……って言《い》われるかもしれないけど、この場《ば》をお借《か》りして、はつきり言《い》わせてもらいます。

『階段《かいだん》が十二段《だん》から十三段《だん》になった』って……。


だから、なんだってーのっ!?


べつにいいじゃん、十二段《だん》でも十三段《だん》でも。

それにさぁ……。

わざわざ、ま夜中《よなか》に。

わざわざ、いわくつきの場所《ばしょ》に行《い》って。

わざわざ、階段《かいだん》の段数《だんすう》を数《かぞ》える。

そんなことをする必要《ひつよう》がどこにあるのよっ、だれか合理的《ごうりてき》に説明《せつめい》してみなさい……って、つっこみたくなるんだよねぇ。

こわいもの係《がかり》としての職業意識《しょくぎょういしき》（っていうより、職業病《しょくぎょうびょう》）から、その手《て》の情報《じょうほう》を仕入《しい》れておくことにしているわたしだけど、さすがにこいつはキョーミなし。

そもそもとなり街《まち》のH市《し》のことなら、管轄外《かんかつがい》だし。

『**必殺《ひっさつ》！　こわいもの係《がかり》　記録帳《きろくちょう》**』に、書《か》きこむ必要《ひつよう》もな～しっ！

「――うひゃあ、こええ……」

「まじかよ」

「ゾッとするわぁ……」

誠司《せいじ》くんの話《はなし》が終《お》わったようで、ふたたび男子《だんし》がザワザワッと盛《も》りあがる。

怪談話《かいだんばなし》の二連《にれん》コンボをくらった、血気盛《けっきさか》んな男《おとこ》たちの熱気《ねっき》は、冷《さ》める様子《ようす》がない。

「なあなあ、夏休《なつやす》みの間《あいだ》にさ、みんなでそのビルを見《み》に行《い》ってみようぜ」

「行《い》こう行《い》こう。H市《し》なら自転車《じてんしゃ》で行《い》けば三十分《ぷん》もかからないし」

「うんうん。昼間《ひるま》ならこわくないしね」

おやおや。

五年《ねん》一組《くみ》男子《だんし》有志《ゆうし》による**『恐怖《きょうふ》！　心霊現象《しんれいげんしょう》の現場《げんば》、突撃見学日帰《とつげきけんがくひがえ》りツアー』**が開催《かいさい》さ

れるようだ。

「――いやいや、それがダメなんだよね」

その盛《も》りあがりに水《みず》を差《さ》すように、誠司《せいじ》くんが首《くび》を横《よこ》に振《ふ》った。「ついこの前《まえ》、その建物《たてもの》は壊《こわ》されたってさ」

えぇー、なんだよぉ、こんだけあおっといて……。

熱烈《ねつれつ》な、にわか怪談愛好家《かいだんあいこうか》のみなさまから、ブーブーと抗議《こうぎ》の声《こえ》があがる。

しかしながら、誠司《せいじ》くんは「まてまて」と両手《りょうて》でみんなを制《せい》し、ニヤリと笑《わら》った。

「ここからがおもしろいんだって。いいか？　いとこの兄《あん》ちゃんが言《い》うには、『十三階段《かいだん》の呪《のろ》い』は、**うつる**んだって」

「へ？」

「うつる……って、どういう意味《いみ》？」

「この建物《たてもの》かと思《おも》ったら、別《べつ》の建物《たてもの》に現《あらわ》れる。あちらと思《おも》えば、またこちらってな具合《ぐあい》にね」

「おおぅ」と、驚《おどろ》きの声《こえ》がそろう。

「しかもしかも。どうやら、すごーく古《ふる》い建物《たてもの》の階段《かいだん》を選《えら》んでうつっていくんだと」

「ほうほう」

「──つまり、Ｈ市《し》のビルが壊《こわ》されたってことは……」

一瞬《いっしゅん》の沈黙《ちんもく》のあと、雄生《ゆうせい》くんがポンと手《て》を打《う》った。

「その呪《のろ》いが、またどこか別《べつ》の十二段《だん》の階段《かいだん》をもとめてさまよい、とりつくってことか！」

「そういうこと。ところで君《きみ》たち、あさひ小北校舎《しょうきたこうしゃ》の階段《かいだん》って何段《なんだん》あると思《おも》う？　オレ、気《き》になって数《かぞ》えてみたんだ。そしたら……」

誠司《せいじ》くんがもったいをつけて、言葉《ことば》を切《き》る。

「えっ？　も、もしかして……」

話《はなし》に聞《き》き入《い》る男子一同《だんしいちどう》の、ふくらむほどにふくらみきった期待《きたい》の熱気《ねっき》が、こちらにまでひしひしと伝《つた》わってくる。

「なんとなんとっ。**十二段《だん》だったんだよっ！**」

「ええっ」

「マジマジ？」

「うおお、すげぇぇぇ」

男子《だんし》のボルテージは、もう最高潮《さいこうちょう》！

もはや、だれにも止《と》められない抑《おさ》えられないいっっっっ！

「たしかめに行《い》こうぜ」

「ホントに十二段《だん》だったら、次《つぎ》はあさひ小《しょう》に来《く》るかも！」

「ああー、興奮《こうふん》するぅ！」

ハイテンション男子《だんし》数名《すうめい》が連《つ》れだって、ぞろぞろ早足《はやあし》で教室《きょうしつ》を出《で》ていく。

ほどなくして。

「ひゃあぁ、十二段《だん》だぁ、ヤバいよ、これぇ！」

五年《ねん》一組《くみ》の教室《きょうしつ》を出《で》てすぐの階段《かいだん》から、歓声《かんせい》とも悲鳴《ひめい》ともとれる声《こえ》が、聞《き》こえてきた。

はいはい。現場《げんば》検証《けんしょう》ご苦労《くろう》さん。

そもそも、はなっから信憑性《しんぴょうせい》に欠《か》けるうえに、そんなのがとなり街《まち》からあさひ小北校舎《しょうきたこうしゃ》まで、そうそうつごうよく、やって来《く》るかってての！

まったく。男子《だんし》って生《い》き物《もの》は、ホントおめでたいというかなんというか……。ねぇ。

わたしが目《め》で語《かた》りかけると、沙也佳《さやか》ちゃんは微妙《びみょう》なうんざり表情《ひょうじょう》のまま、「あほだ」とちいさくつぶやき、かるく肩《かた》をすくめて同感《どうかん》の意《い》を表《あらわ》したのでした。

しかし……。

こわいもの大好《だいす》き男子《だんし》の思《おも》いが、天《てん》にとどいたのか。

はたまた、霊的《れいてき》なモノを引《ひ》きよせる北校舎《きたこうしゃ》のせいなのか。

うわさの『十三階段《かいだん》の呪《のろ》い』は、みごとあさひ小学校《しょうがっこう》にて、とんでもない事件《じけん》を引《ひ》きおこすことになるのでした。

2 神隠《かみかく》しにあった女《おんな》の子《こ》

さてさて、夏休《なつやす》みも、のこり三日《みっか》となりました。

まだ手《て》つかずの宿題《しゅくだい》（読書感想文《どくしょかんそうぶん》とか、自由研究《じゆうけんきゅう》とか。あ——、考《かんが》えると、すこしだけ頭痛《ずつう》がする……）を、どうするかについては、今夜《こんや》から対策《たいさく》を練《ね》るとして。

わたしは『あさひ座《ざ》』の午前練習《ごぜんれんしゅう》のため、今日《きょう》も元気《げんき》にあさひ小《しょう》へとやって来《き》ました。

あさひ座《ざ》の練習《れんしゅう》スケジュールは、例《れい》のむかセン合宿《がっしゅく》のドタバタのせいで、ずいぶんずれこんじやっていたけど、ここにきて、なんとか当初《とうしょ》の計画《けいかく》どおりのペースにもどりつつある。

秋《あき》のあさひ小文化祭《しょうぶんかさい》まで、二ヶ月《かげつ》ちょっと。

「まだ二ヶ月《かげつ》もある」と思《おも》うかもしれないけど、二学期《がっき》が始《はじ》まると、すぐに運動会《うんどうかい》の準備《じゅんび》が始《はじ》まって、なかなかクラブ活動《かつどう》に専念《せんねん》できなくなるのだ。

だから、じつのところ、しっかりと練習《れんしゅう》できる時間《じかん》は、もうあまりないと言《い》える。

てなわけで、ここらでもういっぺん、気合《きあ》い入《い》れなおしていきましょー！

と、鼻息《はないき》もあらく、あさひ小《しょう》の正門《せいもん》をとおりぬけたところで、つっと足《あし》が止《と》まった。

……んんん？

なんだ、ありゃ？

夏休《なつやす》みのまっ最中《さいちゅう》で、静《しず》かなはずのあさひ小学校《しょうがっこう》。

しかし。

南校舎前《みなみこうしゃまえ》の駐車場《ちゅうしゃじょう》に、たくさんの自動車《じどうしゃ》が停《と》まり、学校《がっこう》の先生《せんせい》や見《み》たことのない大人《おとな》の人《ひと》たちがおおぜい、玄関口《げんかんぐち》をうろうろしていた。

とくにわたしの目《め》を引《ひ》いたのは、黒《くろ》と白《しろ》のツートンで、天井《てんじょう》に赤《あか》いランプがついている数台《すうだい》の車《くるま》。

あれは……、パトカー？　……だよね。な、なにか事件《じけん》でもあったのかな？

非日常的《ひにちじょうてき》な光景《こうけい》をまのあたりにして、おもわず身体《からだ》がこわばる。

入《はい》っていいのかな……？

おそるおそる、見知《みし》らぬおじさんたち（たぶん警察《けいさつ》の人《ひと》）が、せわしなく出入《でい》りしている南校舎《みなみこうしゃ》の玄関《げんかん》へと、歩《ある》いていく。

……お、いたいた。

くつばこの前《まえ》で、演劇《えんげき》クラブ部長《ぶちょう》の大久保美里先輩《おおくぼみさとせんぱい》が、けわしい表情《ひょうじょう》の香川由希子先生《かがわゆきこせんせい》となにやら話《はなし》をしている。

二人《ふたり》からすこし離《はな》れたところでは、秀美副部長《ひでみふくぶちょう》や沙也佳《さやか》ちゃんら、演劇《えんげき》クラブのめんめんが身体《からだ》を寄《よ》せあって、ひそひそ話《ばなし》をしていた。

なじみの顔《かお》を見《み》つけて、ほっと気《き》をゆるめたわたしは、小走《こばし》りで部員《ぶいん》の輪《わ》に駆《か》けより、

「ちょっとちょっと」と、雄生《ゆうせい》くんの少々太《しょうしょうふと》めの横《よこ》っ腹《ぱら》をつっついた。

「うわぁ、びっくりしたぁ。なんだ、春《はる》か。驚《おどろ》かせるなよ」

「ゴメンごめん。で、これ……、なんのさわぎ？」

「うん、おれもよくわかんないんだけど、行方不明事件《ゆくえふめいじけん》らしいんだよ」

「行方不明《ゆくえふめい》……？　だれが？」

「いや、それはまだ聞《き》いていないけど……。でも、おまわりさんが来《き》てるから、もしかしたら誘《ゆう》拐事件《かいじけん》かも……」

ええ――っ！

ゆ、誘拐《ゆうかい》って、なに、それ？　いったいどうなってんの……？

けれど、それ以上《いじょう》のことは、部員《ぶいん》のだれもまだわかっていない様子《ようす》。

ぼんやり身《み》を寄《よ》せあって、つっ立《た》っていると、ほどなくして難《むずか》しい顔《かお》をした美里部長《みさとぶちょう》がもどってきて、手《て》をパンパンと打《う》った。

「みんな。悪《わる》いけど、今日《きょう》の練習《れんしゅう》はライオン公園《こうえん》でやるよ。学校《がっこう》は使《つか》うな……だってさ」

「どうしたの？」「なにがあったんですか？」

ワイドショーの芸能《げいのう》リポーターのごとく、部員《ぶいん》たちがいっせいに部長《ぶちょう》を取《と》りかこみ、質問《しつもん》をあびせる。カメラのフラッシュがパシャパシャたかれた（うそです）。

部長《ぶちょう》はかたい表情《ひょうじょう》をくずすことなく、みなの顔《かお》をクルリと見《み》まわすとちいさな声《こえ》でこう答《こた》えた。

「昨日《きのう》の夜《よる》から行方不明《ゆくえふめい》なんだって。六年《ねん》三組《くみ》の……、吹奏楽部《すいそうがくぶ》の北村愛《きたむらあい》が」

吹奏楽部《すいそうがくぶ》も秋《あき》になると、あさひ小文化祭《しょうぶんかさい》、そしてＭ県吹奏楽《けんすいそうがく》コンクールの県北予選大会《けんほくよせんたいかい》という発表《はっぴょう》の場《ば》がある。それらの舞台《ぶたい》にむけ、昨日《きのう》からあさひ小学校内《しょうがっこうない》で、夏休《なつやす》み恒例《こうれい》のお泊《と》まり合宿《がっしゅく》をしていた。

とうぜん昼間《ひるま》は、顧問《こもん》の先生《せんせい》の指導《しどう》のもとで、みっちり練習漬《れんしゅうづ》けなんだけど、夕方《ゆうがた》からはお母《かあ》さんたちも参加《さんか》して、家庭科室《かていかしつ》でカレーを作《つく》って食《た》べたり、ゲームをしたりして楽《たの》しんだそうだ。

そして、その夜《よる》。

就寝前《しゅうしんまえ》のレクリエーションで、『きもだめし』をすることとなった。

生徒《せいと》が二人一組《ふたりひとくみ》になって、北校舎《きたこうしゃ》の一階《かい》から二階《かい》を、ぐるりと回《まわ》ってくるコース。

きもだめしから帰《かえ》ってきた子《こ》たちは、恐怖《きょうふ》に声《こえ》をふるわせつつ、

「ああ、こわかったぁ。夜《よる》の学校《がっこう》って、なんであんなにこわいのかな」

「だれだよ、理科室《りかしつ》の人体模型《じんたいもけい》を廊下《ろうか》に立《た》たせたのは！　マジでびびったじゃん」

「ねぇねぇ、知《し》ってる？　その標本模型《ひょうほんもけい》の脳《のう》みそって、ちょっと壊《こわ》れてるんだけど、アレ壊《こわ》したのは一組《くみ》の友花《ともか》ちゃんなんだって。四年生《ねんせい》の時《とき》に」

「あはは。友花《ともか》なら、やらかしそうだよね」

「そうそう。新品《しんぴん》だったのに、いきなり壊《こわ》された……って、理科《りか》の牧野先生《まきのせんせい》が泣《な》いてたモン」

「家庭科室《かていかしつ》の大鏡《おおかがみ》って、夜《よる》はとても見《み》られないよね。絶対《ぜったい》なにか、うつりそう」

「音楽室《おんがくしつ》のベートーベンの目《め》が動《うご》いたような気《き》がしたんだけど。気《き》のせい？」……などなど。

なんのかのと言《い》いながら、それぞれが夏《なつ》の夜《よる》を楽《たの》しんでいたそうだ。

そのきもだめしの、最後《さいご》に出発《しゅっぱつ》したのが、六年生《ねんせい》の北村愛《きたむらあい》さんと五年生《ねんせい》の西倉瞳《にしくらひとみ》ちゃんの女《おんな》の子《こ》二人組《ふたりぐみ》だった。

しかし……。

北村愛《きたむらあい》さんは、みんなのところにもどってはこなかった。

ペアを組《く》んだ瞳《ひとみ》ちゃんの話《はなし》では、愛《あい》さんはみちみち「十三階段《かいだん》の霊《れい》が、どうたらこうたら……」と話《はなし》をしていたらしく、北校舎東側《きたこうしゃひがしがわ》の階段《かいだん》を通《とお》るときに、うわさで聞《き》いた十三階段《かいだん》の呪《のろ》いを呼《よ》びおこす儀式《ぎしき》を、ふざけ半分《はんぶん》でやってみたのだという。

そして。

「十三段《だん》……」とつぶやいたのを最後《さいご》に、短《みじか》い悲鳴《ひめい》とともに、愛《あい》さんはこつぜんと姿《すがた》を消《け》してしまったというのだった。


「西倉瞳《にしくらひとみ》は最初《さいしょ》、愛《あい》が悪《わる》ふざけをして、どこかに隠《かく》れているんだろうと思《おも》い、あたりを探《さが》してみたんだって。でも、どこにもいない。しかたがないので、北校舎《きたこうしゃ》を出《で》てみんなのところにもどったけど、そこにもいない。しばらく待《ま》っても、いっこうに姿《すがた》を現《あらわ》さない。念《ねん》のため、愛《あい》の家《いえ》にも確認《かくにん》したけれど、帰《かえ》っていない。……てなわけで、こういうさわぎになってるみたいだよ」

ライオン公園《こうえん》へと移動《いどう》する道《みち》すがら、美里部長《みさとぶちょう》が由希子先生《ゆきこせんせい》から聞《き》いた事件《じけん》のことを、くわしく話《はな》してくれた。

すっきり晴《は》れた夏《なつ》の青《あお》い空《そら》に似《に》つかわしくない不気味《ぶきみ》な話《はなし》に、みんなの足《あし》どりが自然《しぜん》と重《おも》くなる。

口数《くちかず》すくなく、ただもくもくと歩《ある》きつづけるなか、

「――なんだかイヤだなぁ。ぼく、こういうの苦手《にがて》なんだよ。うちの家《いえ》の階段《かいだん》って、何段《なんだん》だったっけなぁ……」

集団《しゅうだん》の一番後《いちばんうし》ろから、部長《ぶちょう》の弟《おとうと》、大久保歩《おおくぼあゆむ》くんのブツブツぼやきが聞《き》こえてきた。

「ほらほら。吹奏楽部《すいそうがくぶ》のことはわたしたちがアレコレ考《かんが》えてもしょうがないから。とにかく練習《れんしゅう》を始《はじ》めるよ。かるいストレッチからいくから、適当《てきとう》に広《ひろ》がって」

ライオン公園《こうえん》に着《つ》くと、美里部長《みさとぶちょう》がすぐさま指示《しじ》を出《だ》した。

秀美副部長《ひでみふくぶちょう》の手本動作《てほんどうさ》にならい、そろってストレッチを始《はじ》める。

「ねえねえ」

わたしは横《よこ》にいる雄生《ゆうせい》くんに声《こえ》をかけた。

雄生《ゆうせい》くんはすこし太《ふと》めでおおきいけれど、身体《からだ》は驚《おどろ》くほど柔《やわ》らかい。週三回通《しゅうかいかよ》っている柔道場《じゅうどうじょう》

で、ケガ防止《ぼうし》のために、いつも入念《にゅうねん》に柔軟体操《じゅうなんたいそう》をやらされているからだ。

「ん、なんだよ、春《はる》」

地面《じめん》におしりをつけてパカッと両脚《りょうあし》を開《ひら》き、前屈《ぜんくつ》の姿勢《しせい》をとりながら、雄生《ゆうせい》くんが聞《き》きかえしてきた。

「この前《まえ》の登校日《とうこうび》のときにさ、誠司《せいじ》くんが『十三階段《かいだん》の呪《のろ》い』の話《はなし》、してたでしょ」

むねが地《じ》べたに、ぺたっとくっついている。

「うん」

「あれ、くわしく教《おし》えて」

一瞬《いっしゅん》、雄生《ゆうせい》くんがけげんな顔《かお》をする。

「べつにいいけど……。おまえ、吹奏楽部《すいそうがくぶ》の行方不明事件《ゆくえふめいじけん》と十三階段《かいだん》の怪談話《かいだんばなし》が、なにか関係《かんけい》するんじゃないかって考《かんが》えてんの？」

「うん。愛《あい》さんは、十三階段《かいだん》の呪《のろ》いの儀式《ぎしき》をしたっていうじゃん」

「たしかにそう言《い》ってたけど。でも、あれはたんなる都市伝説《としでんせつ》だし、あんまり意味《いみ》ないと思《おも》うけどな……」

右手《みぎて》を高《たか》く上《あ》げて、わき腹《ばら》の筋肉《きんにく》を伸《の》ばしながら、雄生《ゆうせい》くんは『十三階段《かいだん》の呪《のろ》い』について、話《はな》してくれた。

Ｈ市街地《しがいち》にある古《ふる》い五階建《かいだ》てのビル。

そのビルには『十三階段《かいだん》の呪《のろ》い』のうわさがあった。

二階《かい》と一階《かい》をむすぶ階段《かいだん》。途中《とちゅう》に踊《おど》り場《ば》があり、十二段《だん》と十二段《だん》にわかれている、合計《ごうけい》二十四段《だん》のなんの変哲《へんてつ》もないフツーの階段《かいだん》。

しかし、ある儀式《ぎしき》をすることで、その階段《かいだん》は恐怖《きょうふ》の呪《のろ》いを呼《よ》びおこすのだという。

まず、二階《かい》フロアの階段《かいだん》の降《お》り口《ぐち》に立《た》つ。

手《て》すりに手《て》をそえ、目《め》を閉《と》じる。

それから「一段《だん》、二段《だん》、三段《だん》……」と口《くち》に出《だ》して数《かぞ》えながら、一歩《ぽ》一歩《ぽ》、踊《おど》り場《ば》にむけて、ゆっくり降《お》りていく。

……七段《だん》、八段《だん》、九段《だん》……。

そして「十二段《だん》」。これで、儀式《ぎしき》はおわり。

ふつうであれば、踊《おど》り場《ば》にたどり着《つ》いているはず。

けれど、この儀式《ぎしき》をすることで、そこにないはずの一段《だん》が……、十三番目《ばんめ》の段《だん》が、現《あらわ》れるというのだ。

「――ええ？　儀式《ぎしき》って、そんなもんなの？」

ちょっとばかり肩《かた》すかし。「ほら、マンガなんかで見《み》るような、もっとこう、黒《くろ》トカゲの生《い》き血《ち》とか毒《どく》ガエルの心臓《しんぞう》とか、なんとか草《そう》を煎《せん》じて作《つく》った秘薬《ひやく》を調合《ちょうごう》してとか……、そんな不《ぶ》気味《きみ》アイテムを使《つか》ったりしないわけ？」

「そんな小難《こむずか》しいこと言《い》ってたら、手軽《てがる》に楽《たの》しめないいじゃん」

雄生《ゆうせい》くんがアキレスけんを伸《の》ばしながら笑《わら》う。

うーん。お気軽《きがる》に楽《たの》しめる怪談《かいだん》……って。

まぁ、いいや。

「……で、十三番目《ばんめ》の段《だん》が現《あらわ》れたら、どうなるの？」

わたしは話《はなし》の先《さき》をうながした。

「十三段目《だんめ》は、**グニャリ**とした感触《かんしょく》がするらしい」

「ぐにゃり？」

「そう、グニャリ。でもここであわてて目《め》を開《あ》けて、自分《じぶん》の足《あし》もとを見《み》ちゃいけないんだと。手《て》すりにつかまったまま踊《おど》り場《ば》を折《お》りかえし、一階《かい》まで降《お》りていけば、それで終《お》わりらしい」

「ふーん」

「となれば、気《き》になるのは、そのグニャリを踏《ふ》んづけたあと、目《め》を開《あ》けるとどうなるのか……って、ことだけど」

うんうん。

雄生《ゆうせい》くんがすこしだけ声《こえ》を落《お》とす。

「足《あし》もとを見《み》ると、そこには『十三階段《かいだん》の呪《のろ》い』の闇《やみ》に取《と》りこまれてしまった人《ひと》が、苦悶《くもん》の表情《ひょうじょう》で、うらめしそうに横《よこ》たわっているんだと。そして、その人《ひと》と同《おな》じように、儀式《ぎしき》をした人間《にんげん》は階《かい》段《だん》の中《なか》に飲《の》みこまれてしまうんだってさ」

そもそも、ことの始《はじ》まりは何十年《なんじゅうねん》も前《まえ》にさかのぼる……らしい。

とある街《まち》の、とあるビルでのできごと。

二階《かい》から一階《かい》へ降《お》りようとして、階段《かいだん》で足《あし》をすべらせてしまった女《おんな》の人《ひと》がいた。

踊《おど》り場《ば》まで転《ころ》げ落《お》ちて、運悪《うんわる》く命《いのち》を落《お》としてしまった女性《じょせい》は、成仏《じょうぶつ》できないままに、この世《よ》への未練《みれん》をいだいて『呪《のろ》いの十三段目《だんめ》』になったのだという。

その建物《たてもの》が古《ふる》くなって壊《こわ》されても、呪《のろ》いは解《と》けなかった。

十三階段《かいだん》の呪《のろ》いはそのビルを出《で》て、十二段《だん》の階段《かいだん》がある別《べつ》の古《ふる》い建物《たてもの》に取《と》りつき、そのビルがなくなると、また別《べつ》のビルに……というように、転々《てんてん》としていった。

そして最後《さいご》にN市《し》のとなり街《まち》、H市街地《しがいち》にあるビルの階段《かいだん》に取《と》りついたというのだ。


「……でも誠司《せいじ》の話《はなし》じゃあ、そのH市《し》のビルも、つい最近壊《さいきんこわ》されたってことだけどね」


うーん。

今《いま》の話《はなし》と吹奏楽部員行方不明事件《すいそうがくぶいんゆくえふめいじけん》とをこじつけるなら、H市《し》のビルがなくなって、取《と》りつく場所《ばしょ》をなくした『十三階段《かいだん》の呪《のろ》い』があさひ小《しょう》にやって来《き》て、北校舎《きたこうしゃ》の階段《かいだん》に取《と》りついたってことになるけど……。

「あほらし」と、雄生《ゆうせい》くんがかるく笑《わら》う。

「そんな、たまたまのぐうぜんで、あさひ小《しょう》に来《く》るわけないよ。そもそも、この話《はなし》、いかにも作《つく》り話《ばなし》って感《かん》じじゃん。それよりさ、おれたちがむかセンで体験《たいけん》した『かくれんぼ幽霊《ゆうれい》』のほうが、ずっとリアルで怖《こわ》いよな」

う。

わたし……、それ、思《おも》いだしたくないんですけど。

まあでも、雄生《ゆうせい》くんの言《い》うとおりだ。フツーに考《かんが》えれば、あほらしい。わたしもついさっきまでは、そう思《おも》っていた。

けど……。

「――はーい、みんな寝《ね》ころんで」

秀美《ひでみ》副部長《ふくぶちょう》の指示《しじ》にしたがって、わたしは公園《こうえん》の芝生《しばふ》の上《うえ》にゴロンとあおむけになり、太《ふと》ももとおしりの筋肉《きんにく》のストレッチをはじめた。

見《み》あげた青《あお》い空《そら》には、でっかい入道雲《にゅうどうぐも》がえらそうに、はばをきかせている。

けど……。

怪談話《かいだんばなし》の宝庫《ほうこ》、そして幽霊《ゆうれい》や妖怪《ようかい》、その他《た》摩訶不思議《まかふしぎ》なモノを呼《よ》びよせる『**あさひ小北校舎《しょうきたこうしゃ》**』

だ。

そういうことがないとは言《い》いきれない。

いや、愛《あい》さんが呪《のろ》いの儀式《ぎしき》をしたという話《はなし》が本当《ほんとう》なら、むしろ疑《うたが》ってかかるべきだろう。

……ってことで、ここはいっちょ、こわいもの係《がかり》の出番《でばん》ですかねっ。

行方不明事件《ゆくえふめいじけん》や誘拐事件《ゆうかいじけん》なら、おまわりさんのお仕事《しごと》だけど、この手《て》の話《はなし》なら、わたしのほうが専門《せんもん》ですから。

ああ、**『すみれちゃんとママ、夢《ゆめ》で会《あ》えたら』大作戦《だいさくせん》**以来《いらい》、ひさしぶりの活躍《かつやく》の場《ば》だ（『むかセン』の件《けん》は、もう記憶《きおく》からきれいさっぱり消《け》しましたっ）。

ビシッと決《き》めなくっちゃね、こわいもの係《がかり》の仕事《しごと》！

「ようし。いっちょ、がんばってみるかぁ」と、口《くち》に出《だ》して決意表明《けついひょうめい》。

「なにをよ？」

「なにを、って……それは秘密《ひみつ》でぇす」

……ん？

今《いま》の声《こえ》は、もしかして……。

空《そら》を見《み》あげるわたしの視界《しかい》に、ぬっと顔《かお》をつき出《だ》してきたのは、こわーい顔《かお》をした美里部長《みさとぶちょう》だった。

「春《はる》。あんたいつまでゴロゴロ寝《ね》ころんでんの？　みんなとっくにストレッチ終《お》わって、ランニング始《はじ》めてんだけどね」

「え？」

あわてて上半身《じょうはんしん》をおこして、横《よこ》に目《め》をやる。

ついさっきまでそこにいたはずの、雄生《ゆうせい》くんの姿《すがた》が見《み》あたらない。

うくっ、あの裏切《うらぎ》り者《もの》めぇ……。ひと声《こえ》かけてよぉ。

このあと、わたしがみんなの倍《ばい》、走《はし》らされたのは言《い》うまでもありません。

はぁはぁ、ひぃはぁ……ですよ。

3 花《はな》ちゃんのひそかな戦《たたか》い

その日《ひ》の夕方《ゆうがた》。

わたしはふたたび、あさひ小《しょう》へとやって来《き》た。

西《にし》の空《そら》のはしが、ほんのすこしだけオレンジがかっているけれど、まだまだ、じゅうぶんに明《あか》るい。

パトカーも、校舎《こうしゃ》の中《なか》と外《そと》をせわしなく行《い》き来《き》していた大人《おとな》の人《ひと》たちも、もうその姿《すがた》は見《み》あたらない。おまわりさんたちは校舎内《こうしゃない》での捜索《そうさく》をひととおり終《お》わらせ、ここにはいないと判断《はんだん》し、ひきあげたのだろう。

今《いま》は職員室《しょくいんしつ》に先生《せんせい》たちが数名《すうめい》、のこっているだけのようだ。

見《み》つからないように、足《あし》ばやに北校舎《きたこうしゃ》にむかうと、四年《ねん》一組横《くみよこ》の階段《かいだん》から二階《かい》へと駆《か》けあがった。

北校舎《きたこうしゃ》には、東西《とうざい》に階段《かいだん》が二つある。

ひとつは今《いま》わたしが使《つか》った、四年《ねん》一組横《くみよこ》からあがって五年《ねん》一組《くみ》の横《よこ》に出《で》る階段《かいだん》。

そしてもうひとつが、今回《こんかい》の行方不明事件《ゆくえふめいじけん》の原因《げんいん》となった、一階《かい》の理科室横《りかしつよこ》からあがって二階《かい》の図工室《ずこうしつ》の横《よこ》に出《で》る階段《かいだん》だ。

現場《げんば》を先《さき》に見《み》てみようかとも考《かんが》えたけれど、『十三階段《かいだん》の呪《のろ》い』が本当《ほんとう》に存在《そんざい》するのなら、すこしヤバい相手《あいて》のような気《き》がする。

単独行動《たんどくこうどう》は危険《きけん》かもしれないよね。

だから、まずは鏡子《きょうこ》さんたちに相談《そうだん》、相談《そうだん》……っと。

わたしは五年《ねん》一組前《くみまえ》の廊下《ろうか》のつきあたりの壁《かべ》を、スイッとすり抜《ぬ》けると、霊組《れいくみ》の教室《きょうしつ》の戸《と》に手《て》をかけた。

ガタガタ……ギシッ

いつものごとく、戸《と》が悲鳴《ひめい》のようなきしみ音《おん》を立《た》てる。

「みんな、こんちは……って……、あれ？」

いつもニコニコ元気《げんき》いっぱいの花《はな》ちゃんが、鏡子《きょうこ》さんのうでの中《なか》で、ぐったりしていた。

鏡子《きょうこ》さんが、そのちいさな背中《せなか》をさすっている。

「は、花《はな》ちゃん、どうしたのっ⁉」

あわてて駆《か》けよって、花《はな》ちゃんの顔《かお》をのぞきこんでみる。

花《はな》ちゃんは目《め》を閉《と》じて、「はっ、はっ……」と息《いき》をあらくしていた。

わたしに気《き》がついて、うっすらとまぶたを開《ひら》き、かすかに笑《え》みを浮《う》かべたけれど、またすぐに目《め》を閉《と》じてしまう。

顔色《かおいろ》が、かなり悪《わる》い。

「花《はな》ちゃん、どうしたの？　病気《びょうき》なの？」

「ちがうのよ。悪《わる》いヤツがあさひ小《しょう》に来《き》たのよぉ」

ドクパンがオロオロしながら、答《こた》える。

「悪《わる》いヤツが？　それと花《はな》ちゃんの具合《ぐあい》が悪《わる》いのと、なんの関係《かんけい》が……」

「そっか。春《はる》ははじめてだったわね」

鏡子《きょうこ》さんがけわしい表情《ひょうじょう》のまま、口《くち》を開《ひら》く。「花《はな》が、あさひ小学校《しょうがっこう》の守《まも》り神《がみ》である『座敷《ざしき》わらし』だってことは、知《し》ってるわよね？」

「う、うん」

「花《はな》は、あさひ小《しょう》を悪《わる》い霊《れい》や妖怪《ようかい》から守《まも》るために、その悪意《あくい》の力《ちから》を封《ふう》じこめる結界《けっかい》のようなものを、作《つく》っているの。たいして力《ちから》のない悪霊《あくりょう》なんかだと、その結界《けっかい》の力《ちから》で封《ふう》じこめたり、追《お》いかえしたりできるのよ」

そうだったんだ……。

「ときどき花《はな》が眠《ねむ》そうにしていたり、グゥグゥ寝入《ねい》っていたりしていることがあるでしょ？　あれは、あさひ小《しょう》に近《ちか》づいてきた悪霊《あくりょう》を追《お》いはらって、力《ちから》を使《つか》ったときなのよ」

そ、そんなこと、ぜんぜん聞《き》いてない。

花《はな》ちゃんがそんなふうにわたしたちを……、あさひ小学校《しょうがっこう》を守《まも》ってくれていたなんて、ちっとも知《し》らなかった。

こんなちっちゃな身体《からだ》で一人《ひとり》、いつもひそかに、悪《わる》いヤツらと戦《たたか》っていたってことだ。

鏡子《きょうこ》さんが、花《はな》ちゃんの青白《あおじろ》い顔《かお》に目《め》を落《お》として、話《はなし》をつづける。

「結界《けっかい》の力《ちから》を上《うわ》まわるほどの強《つよ》い悪意《あくい》を持《も》ったヤツが来《き》たら、花《はな》はそいつの力《ちから》をすこしでも弱《よわ》めるために、ありったけのエネルギーを使《つか》うの。今回《こんかい》みたいになるということは、今《いま》、あさひ小《しょう》に侵入《しんにゅう》しているヤツの力《ちから》がそうとう強《つよ》いということね。このままでは……」

鏡子《きょうこ》さんが言葉《ことば》をにごす。

花《はな》ちゃんはすこし顔《かお》をしかめながら、「ふぅ……ふぅ……」と、苦《くる》しそうにちいさな呼吸《こきゅう》をくり返《かえ》し、ときおり、ちいさく「うー」とうめいて、口《くち》もとをおおきくゆがませる。

わたしはかがみこんで、花《はな》ちゃんの手《て》を取《と》ってみた。

汗《あせ》ばんだちいさな手《て》。

熱《あつ》い……！

「きょ、鏡子《きょうこ》さん！　どうすればいいの!?」

わたしになにができるの？

「とりあえず、花《はな》を苦《くる》しめている原因《げんいん》となっているモノを探《さが》しだして、退治《たいじ》するか封《ふう》じるか、し

ないといけないんだけど……」

「そいつはどこにいるの⁉　ねぇ、どこにっ……！」

思《おも》わず鏡子《きょうこ》さんのうでをギュッとつかむ。

「春《はる》っ、落《お》ちつきなさい！」

鏡子《きょうこ》さんがキビシイ口調《くちょう》で、ピシャリと一喝《いっかつ》した。

「あ、ご、ごめんなさい……。わたし、つい……」

ハッとひっこめたわたしの手《て》を、鏡子《きょうこ》さんがそっとにぎった。

「春《はる》。あなたの、はやる気持《きも》ちもわかるけど、すこし落《お》ちついて。ねっ」

いつものやさしい鏡子《きょうこ》さんの口調《くちょう》に、わたしはこくりとうなずいて、二度《ど》、深呼吸《しんこきゅう》をした。

「――そういえば、今日《きょう》の午前中《ごぜんちゅう》、学校内《がっこうない》がさわがしかったけど、なにか関係《かんけい》があるのかしら？

春《はる》、なにか知《し》ってる？」

「あ、そうそう、そうだそうだっ」

ここに来《き》た目的《もくてき》を、すっかり忘《わす》れてた。

「吹奏楽部《すいそうがくぶ》の六年生《ねんせい》が行方不明《ゆくえふめい》になったんだよ。警察《けいさつ》まで来《き》て大《おお》さわぎでさ……」

手《て》みじかに事件《じけん》のことを説明《せつめい》して聞《き》かせる。

「なるほど……」

鏡子《きょうこ》さんはすこし難《むずか》しい顔《かお》をした。「ねえ、春《はる》。その子《こ》がいなくなったのは、ひょっとして昨《さく》夜《や》の九時《じ》ごろだったんじゃない？」

「うん、たしか、そういう話《はなし》だったと思《おも》う」

「やっぱり、そうだったんだ……」

鏡子《きょうこ》さんがあごに手《て》をあてて、おおきくうなずいた。「花《はな》がとつぜんうめいて、意識《いしき》を失《うしな》ったのがその時間《じかん》だったのよ。その原因《げんいん》となったモノが、北校舎《きたこうしゃ》のどこかにいるってことは、なんとなく見当《けんとう》がついてたんだけど、これでハッキリしたわね」

そっか。

つまり、H市《し》に居場所《いばしょ》をなくした『十三階段《かいだん》の呪《のろ》い』は、やっぱり、夏休《なつやす》みの間《あいだ》にあさひ小北《しょうきた》校舎《こうしゃ》の階段《かいだん》に取《と》りついていたんだ。

なにもしなければ、ただそれだけのことだったかもしれないのに、吹奏楽部《すいそうがくぶ》の愛《あい》さんが呪《のろ》いを呼《よ》びおこす儀式《ぎしき》をしちゃったもんだから、十三階《かいだん》段は花《はな》ちゃんを苦《くる》しめるほどに強《つよ》い悪意《あくい》の念《ねん》をいっきに発《はっ》して、愛《あい》さんを取《と》りこんでしまった……ということだろう。

それならつじつまは合《あ》う。

「十何年《じゅうなんねん》か前《まえ》に一度《いちど》、あさひ小学校《しょうがっこう》で十三階段《かいだん》のうわさ話《ばなし》が出《で》たことがあったわ。それは完全《かんぜん》にガセだったんだけど、ついに本物《ほんもの》がお出《で》ましになったってことね」

鏡子《きょうこ》さんがつぶやく。

わたしはスックと立《た》ちあがった。

やるべきことはひとつだ。

「鏡子《きょうこ》さん。わたし今《いま》から、その階段《かいだん》に行《い》ってくる。うわさ話《ばなし》が本当《ほんとう》なら、行方不明《ゆくえふめい》になった愛《あい》さんもそこに取《と》りこまれているだろうし。なによりその呪《のろ》いを封《ふう》じるか、消《け》し去《さ》るかしてしまわないと、花《はな》ちゃんがもたないよね」

「そうね」と、鏡子《きょうこ》さんがうなずく。

「アタイも行《い》くよ。悪《わる》いヤツの居場所《いばしょ》がわかったんなら、アタイの骨《ほね》ムチでびしっとやっつけてやるんだからぁ」

ドクパンが立《た》ちあがって、フンフンと鼻息《はないき》をあらくする。

それに呼応《こおう》するかのように、花《はな》ちゃんのそばに寄《よ》りそっていたわんころべぇも、ヨロヨロと立《た》ちあがった。

「クォン」と、ちいさく鳴《な》く。

自分《じぶん》もなにかしたい、力《ちから》になりたいとでも言《い》うかのように、わたしの顔《かお》をじっと見《み》あげている。

「わんころべぇ、ありがと。でもね……」

わんころべぇの前《まえ》にかがみこんで、頭《あたま》と身体《からだ》をなでる。「わんころべぇは、ここしばらく、ずっと体調《たいちょう》が悪《わる》いんだから、無理《むり》しちゃダメ。ここはわたしとドクパンにまかせて、今《いま》は花《はな》ちゃんのそばにいてあげて」

「くぅん……」

わんころべぇが力《ちから》なくうなる。

「ドクパン。行《い》こっ」

わたしはむねの名札《なふだ》から護符《ごふ》を一枚《まい》はぎとって手《て》に取《と》ると、霊組《れいくみ》を飛《と》びだした。

つづいて教室《きょうしつ》を出《で》ようとしたドクパンに、鏡子《きょうこ》さんが声《こえ》をかける。

「ドクパンちゃん、コレを持《も》っていって」

そう言《い》って、ドクパンに差《さ》しだしたのは、ちいさな手鏡《てかがみ》だった。「今回《こんかい》の相手《あいて》は手強《てごわ》そうだから。いざというときには、これを通《つう》じてアドバイスするわ」

「うん、わかったよぉ。花《はな》ちゃんをよろしくね」

ドクパンは手鏡《てかがみ》を受《う》けとると、右《みぎ》うでを**ビュッ**とひとふりさせて、骨《ほね》ムチに変《か》えた。

ピシャッ

ゆかをうつ音《おと》が響《ひび》く。

「気《き》をつけてね。あぶなそうだったら、一度《いちど》ひくのよ」

「あーい」

かん高《だか》い声《こえ》で返事《へんじ》をしながら、ドクパンはいきおいよく駆《か》けだした。

北校舎《きたこうしゃ》の二階《かい》を駆《か》けぬける。

人気《ひとけ》のないシンとした空間《くうかん》に、木《き》のゆかの**ギッギッ**ときしむ音《おと》だけが響《ひび》く。

西日《にしび》でうっすらオレンジ色《いろ》に染《そ》められた廊下《ろうか》が、目《め》の前《まえ》にまっすぐ、延《の》びている。

霊組《れいくみ》へと通《つう》じる壁《かべ》の、正反対《せいはんたい》の廊下《ろうか》のつきあたり、真正面《ましょうめん》に見《み》えるのが音楽室《おんがくしつ》だ。

その手前《てまえ》が図工準備室《ずこうじゅんびしつ》に、図工室《ずこうしつ》。

さらにその手前《てまえ》が、問題《もんだい》の階段《かいだん》となっている。

わたしは階段《かいだん》にたどり着《つ》くと、二階《かい》から手《て》すりごしに、階段《かいだん》の踊《おど》り場《ば》を見《み》おろしてみた。

こうして見《み》るぶんには、とくにあやしげな気配《けはい》は感《かん》じられない。

「ま……、まってよぉ……」

カシャコン、カシャコン、カシャン……と、足音《あしおと》を鳴《な》らしながら、ようやくドクパンが追《お》いついてきた。

「あうぅぅ……」

うめきながら、わたしの肩《かた》にもたれかかって、ヒイハァ、フウハァ……と息《いき》を乱《みだ》す。

「アタイ……、走《はし》るの……、チョー苦手《にがて》……」

「ねぇドクパン、そこの踊《おど》り場《ば》が例《れい》の場所《ばしょ》なんだけど、なにか感《かん》じない？」

わたしはドクパンの背中《せなか》をかるくさすりながら、指《ゆび》さした。

よれよれドクパンが息《いき》をととのえながら、踊《おど》り場《ば》に視線《しせん》をむける。

「……う、うん。じつを言《い》うとね、花《はな》ちゃんの具合《ぐあい》が悪《わる》くなってから、アタイ一度《いちど》、北校舎《きたこうしゃ》を見《み》てまわったのよぉ。そのときはぜんぜんわかんなかったけど……。でも春《はる》の話《はなし》を聞《き》いたら、たしかにアソコ、すこーしヘンな感《かん》じがするねぇ」

ふぅむ。

人間《にんげん》のわたしには、なにも感《かん》じられないけど、ドクパンはちょっぴり違和感《いわかん》をいだいている様子《ようす》。

それでも、言《い》われてみればわかる……っていう程度《ていど》なら、『十三階段《かいだん》の呪《のろ》い』は、かなり上手《じょうず》に身《み》を潜《ひそ》めているってことなんだね。

目《め》で階段《かいだん》の段《だん》を数《かぞ》えてみる。
一、二、三、四……十、十一。そして十二歩目《ほめ》で、踊《おど》り場《ば》だ。
「よし」

いっきに階段《かいだん》を駆《か》けおりて、踊《おど》り場《ば》に立《た》ってみた。

まじまじと十二段目《だんめ》を観察《かんさつ》してみる。

けれど、やっぱりおかしなところはなにもない。

片《かた》ひざをついて、十三段目《だんめ》があると思《おも》われるあたりを、護符《ごふ》を持《も》った手《て》でさぐってみたけれど、それでもなにも感《かん》じられない。

「ドクパン、どう？　なにか変《か》わりない？」

わたしは顔《かお》をあげて、ドクパンにたずねた。

二階《かい》から、不安《ふあん》げな表情《ひょうじょう》でこちらを見《み》おろしているドクパンは、

「う、うん。ちょっとだけヘンな感《かん》じがするのは、さっきといっしょだけど……」と、やや自信《じしん》なさそうに答《こた》える。

そっか。

十二段《だん》の階段《かいだん》を駆《か》けあがって、ドクパンのもとへともどる。

「どうすんの、春《はる》？」

「うーん……」

この十三階段《かいだん》の呪《のろ》いが、いつあさひ小《しょう》に入《はい》りこんで、北校舎《きたこうしゃ》の階段《かいだん》に取《と》りついたのかはわからない。

でも、夏休《なつやす》みの登校日《とうこうび》には、たくさんの子《こ》どもたちが、そして今日《きょう》の昼間《ひるま》はおまわりさんや先生《せんせい》たちが、この場所《ばしょ》を上《のぼ》り下《お》りしたはずだ。

けれども『十三階段《かいだん》の呪《のろ》い』が発動《はつどう》することはなかった。

呪《のろ》いが現《あらわ》れたと考《かんが》えられるのは、昨晩《さくばん》、北村愛《きたむらあい》さんが行方不明《ゆくえふめい》になったときだけだ。

……ということは。

そう、やっぱり、アレが必要《ひつよう》だってこと。

「ドクパン。わたし、『儀式《ぎしき》』をやってみるよ。目《め》をつぶって、段《だん》を数《かぞ》えながら……、降《お》りてみる」

「だいじょうぶなの？」

ドクパンが心《こころ》ぼそげな声《こえ》を出《だ》す。

「だいじょうぶだよ。護符《ごふ》もあるし、なんとかなるよ。それに『十三階段《かいだん》の呪《のろ》い』が本当《ほんとう》なら、はやいとこ愛《あい》さんを助《たす》けだしてあげないとね」

そして。

そして一刻《いっこく》も早《はや》く、花《はな》ちゃんをあの苦《くる》しみから解放《かいほう》してあげなくっちゃ。

「ドクパン、あんた、踊《おど》り場《ば》のところにいてくれない？」

「へ？　どうして？」

「十三階段《かいだん》は、儀式《ぎしき》をした人《ひと》を階段《かいだん》の中《なか》に引《ひ》きずりこむらしいんだ。だから、もしわたしが引《ひ》きずりこまれそうになったときには、ひっぱりあげてほしいの」

「う、うん。わかったよ」

ドクパンは言《い》われるままに階段《かいだん》を降《お》り、踊《おど》り場《ば》にたどり着《つ》くと、こちらを見《み》あげて左手《ひだりて》をかるくあげた。

手《て》にしている手鏡《てかがみ》が、キラリと光《ひかり》を反射《はんしゃ》する。

わたしはちいさくうなずき返《かえ》した。

よし、準備《じゅんび》オーケーだ。いくよ。

階段《かいだん》の手《て》すりにそっと手《て》をおいて、静《しず》かに目《め》を閉《と》じる。

そろそろと足《あし》を踏《ふ》みだす。

「一段《だん》……」

ギッ

階段《かいだん》がちいさくきしむ。

わたしの左足《ひだりあし》を受《う》けとめている階段《かいだん》の感触《かんしょく》は、ごくごくふつうだ。

「二段《だん》、三段《だん》……」

目《め》を閉《と》じたまっ暗闇《くらやみ》の中《なか》で、**ギッ**、**ギッ**……という、木《き》のゆかの音《おと》だけが耳《みみ》に響《ひび》く。

慎重《しんちょう》に一歩《ぽ》、また一歩《ぽ》、階段《かいだん》を降《お》りていく。

「……八段《だん》、九段《だん》、十段《だん》……」

だんだんと心臓《しんぞう》がドキドキし始《はじ》める。

護符《ごふ》を握《にぎ》りしめる手《て》も、そして手《て》すりの上《うえ》を滑《すべ》らせている手《て》のひらにも、あせがにじむ。

「……十段《だん》……十一段《だん》……」

くっ……。

意味不明《いみふめい》、正体不明《しょうたいふめい》のプレッシャーがおそいかかってくる。

ギュッと閉《と》じた目《め》の前《まえ》に、おそろしい顔《かお》をした悪魔《あくま》が立《た》っていて「おいでおいで」しているようなイメージが、頭《あたま》の中《なか》に浮《う》かぶ。

息《いき》が……、つまりそう……。

でも、すぐそばでわたしの様子《ようす》を見《み》まもっているドクパンがなにも言《い》わないのだから、実際《じっさい》はなにもおこってはいないのだろう。

さぁて、いよいよ次《つぎ》は、あるはずのない十三段目《だんめ》だ。

はたして……。

わたしは意《い》を決《けっ》し、ゆっくりと最後《さいご》の一歩《ぽ》を踏《ふ》みだした。

「……十三段《だん》」

4 踊《おど》り場《ば》での対決《たいけつ》

グニャリ……

「キャッ」

おもわず、短《みじか》い悲鳴《ひめい》が口《くち》をついて出《で》る。

こ、これ……、この感《かん》じ……、なに？

木《き》のゆかの感触《かんしょく》じゃない。

やわらかい。弾力《だんりょく》があって。まるで……、まるで、そう、空気《くうき》が抜《ぬ》けかけた浮きぶくろのような……。

いやちがう、ちがうちがう。そんなものじゃない。

この感《かん》じは……。

実際《じっさい》に踏《ふ》みつけたことはないけれど、猫や犬を踏《ふ》んづけたら、きっとこんな感触《かんしょく》じゃないだろうか……？

いや。

いやいや。それより**もっとおおきな生き物の身体**を……。

そこまで考《かんが》えて、わたしは護符《ごふ》を持《も》つ左手《ひだりて》で、とっさに口《くち》をふさいだ。

さけび声《ごえ》を口《くち》もとで必死《ひっし》に押《お》しもどす。

左足《ひだりあし》の裏《うら》から、すね、そして太《ふと》ももを伝《つた》って背《せ》すじまで、**ゾゾーッ**とした悪寒《おかん》がいっきにかけあがっていく。

おもわず目《め》を開《あ》けそうになるのを、歯《は》を食《く》いしばって必死《ひっし》でこらえる。

「ド、ドクパンっ、わたしの足《あし》もとに、なにかある？」

「ううん、なにもないよぉ。今《いま》、春《はる》の左足《ひだりあし》は踊《おど》り場《ば》についているよ」

ドクパンの口調《くちょう》に緊張感《きんちょうかん》はない。言葉《ことば》どおり、実際《じっさい》にはなにもおこっていないってことだ。

ど、どういうこと？

でも、わたしはたしかに、なにかグニャリとしたモノを踏《ふ》んづけているはずなのに……。

落《お》ちつけ落《お》ちつけ……。

雄生《ゆうせい》くんが話《はな》していたことがたしかなら、ここで目《め》を開《あ》けずにスルーしたら、なにごともおきないってことだ。

てことは、逆《ぎゃく》に言《い》えば、呪《のろ》いを引《ひ》きおこすには、ここで目《め》を開《ひら》かなくっちゃいけないってこと。

「ドクパン、わたし、目《め》を開《あ》けるよ。いざってときはたのむね」

「あいっ」

よし。

左足《ひだりあし》もとの気配《けはい》に、ひざがかるく震《ふる》えているのが感《かん》じられる。

わたしはスッとおおきく息《いき》を吸《す》いこみ、息《いき》を止《と》めたまま、そろそろと目《め》を開《ひら》いた。

左《ひだり》なめ前《まえ》の位置《いち》に、手鏡《てかがみ》を手《て》にしたドクパンが立《た》っている。

わたしはそのままゆっくりと、視線《しせん》を自分《じぶん》の足《あし》もとに落《お》とした。

――しかし。

「え……？」

左足《ひだりあし》の下《した》には……、なにもなかった。

ただ踊《おど》り場《ば》の、固《かた》い木《き》のゆかがあるだけだ。

左足《ひだりあし》に感《かん》じていた不気味《ぶきみ》な感触《かんしょく》も、いつの間《ま》にか、いつもの北校舎《きたこうしゃ》のそれになっている。

ええっ！

じゃ、じゃあ、さっきの……、あのグニャリとした感《かん》じは、いったい……。

「どういうことなの、コレ……？」

なにがどうなっているのか、どう考《かんが》えていいのか、さっぱりわからないまま、ぼそりとつぶやいた、その瞬間《しゅんかん》。

とつじょ、左足《ひだりあし》で踏《ふ》みしめているゆかが、やわらかく波打《なみう》った。

身《み》がまえる間《ま》はなかった。かるくバランスをくずして、とっさに手《て》すりにしがみつく。

そして。

「わっ」「わぁ」

わたしとドクパン二人《ふたり》の悲鳴《ひめい》が、階段踊《かいだんおど》り場《ば》のせまい空間《くうかん》で、交錯《こうさく》した。

し、信《しん》じられない！

わたしの左足《ひだりあし》の下《した》に……、踊《おど》り場《ば》のゆかに……。

いきなり、まっ黒《くろ》な空間《くうかん》が現《あらわ》れたっ！

その漆黒《しっこく》の闇《やみ》の中《なか》に、一人《ひとり》の女《おんな》の子《こ》が横《よこ》たわっている。わたしの左足《ひだりあし》が、その子《こ》の身体《からだ》を踏《ふ》みつけている！

……さっきのグニャリとした感覚《かんかく》は、やっぱりこれだったんだ。

人間《にんげん》の身体《からだ》を踏《ふ》みつけている感触《かんしょく》だったんだっ！

こ、この人《ひと》が、六年生《ねんせい》の北村愛《きたむらあい》さん……？

愛《あい》さんは苦《くる》しそうな顔《かお》でわたしを見《み》あげ、口《くち》を必死《ひっし》にパクパクと動《うご》かしながら、右手《みぎて》をのばしてくる。

なにを言《い》っているのかは、まったく聞《き》きとれなかったけど、わたしにはわかった。

愛《あい》さんは「たすけて……」と、言《い》っている。

助《たす》けを求《もと》めてる。

助《たす》けなきゃ！

とっさに左足《ひだりあし》を一歩《ぽ》引《ひ》くと、愛《あい》さんにむかって手《て》をのばした。

「春《はる》っ！　だめっ、さわっちゃ！」

鏡子《きょうこ》さんの鋭《するど》い声《こえ》が耳《みみ》に入《はい》った。

ハッと、声《こえ》のするほうに視線《しせん》を送《おく》る。

ドクパンが手《て》にしている手鏡《てかがみ》に、鏡子《きょうこ》さんのすがたが映《うつ》っていた。

「鏡子《きょうこ》さん……」

「春《はる》っ。急《きゅう》に、花《はな》の様子《ようす》がおかしくなったの。ものすごく苦《くる》しそうにしてる。今《いま》の儀式《ぎしき》で、十三階段《かいだん》の悪意《あくい》の念《ねん》が発動《はつどう》したからだわ。それも、とてつもない力《ちから》よ。不用意《ふようい》に手《て》を出《だ》しちゃ、だめっ。危険《きけん》だわ」

「で、でも……、でも愛《あい》さんをほっとくわけにはいかないよっ。助《たす》けてって、目《め》の前《まえ》で苦《くる》しんでいるんだから」

そう言《い》いながら、手《て》にした護符《ごふ》を目《め》の前《まえ》にかざしてみせる。

「護符《ごふ》があるから、だいじょうぶだよ。わたしにまかせといて」

ここで自分《じぶん》の気持《きも》ちを落《お》ちつかせるために、ピリッと決《き》めときましょうか。

「フランスの劇作家《げきさっか》、アルベール・カミュはこう言《い》っているよ。『**やってみないことには、なにもわからない**』って。とにかく今《いま》は、わたしがやるべきと思《おも》うことをやってみるだけだよ！」

かわいた唇《くちびる》をかるくなめながら、ふたたび右手《みぎて》を愛《あい》さんへとのばす。

「**春《はる》っ！**」

鏡子《きょうこ》さんの呼《よ》びかけも、もう耳《みみ》に入《はい》らない。

愛《あい》さんが必死《ひっし》の形相《ぎょうそう》で、わたしにむかって精《せい》いっぱい手《て》をのばしているんだ。

助《たす》けなきゃ……。助《たす》けるんだ……、はやく……はやくっ！

たがいの指先《ゆびさき》がちょっと触《ふ》れた。

そしてすぐに、二人《ふたり》の右手《みぎて》と右手《みぎて》ががっしりとつかみあう。

よし！

ありったけの力《ちから》をこめて、愛《あい》さんの身体《からだ》をいっきにひっこぬく。

なんの抵抗《ていこう》もなかった。

愛《あい》さんの身体《からだ》はあっけないほどにたやすく、まっ黒《くろ》な空間《くうかん》からはじきだされ、踊《おど》り場《ば》へと転《ころ》がりでた。

いきおいあまってバランスをくずしたわたしは、階段《かいだん》にしりもちをつく。

「いてっ」

「う……ん」と、愛《あい》さんがちいさくうなりながら、けだるそうに身体《からだ》をおこす。

「だいじょうぶぅ？」

ドクパンが駆《か》けより、心配《しんぱい》そうに愛《あい》さんの顔《かお》をのぞきこ……。

「**きゃ————————っ、おばけぇっっっ！**」

愛《あい》さんは耳《みみ》をつんざくような悲鳴《ひめい》とともに、**コテン**とゆかにたおれこんだ。

どうやら、気《き》を失《うしな》ってしまったようだ。

「し、シツレーね。人《ひと》の顔見《かおみ》て、悲鳴《ひめい》なんかあげてっ。アタイもう知《し》らないよっ！」

ドクパンがプンスカ憤慨《ふんがい》する。

ま……、まぁ、この場合《ばあい》はよかったんじゃない？　気絶《きぜつ》してくれたほうが。

とりあえず愛《あい》さんをぶじ助《たす》け出《だ》せたことで、わたしはホッとひと息《いき》……つく間《ま》はなかった。

ゾワゾワ、ザワッ

足《あし》もとに奇妙《きみょう》な感触《かんしょく》があって、視線《しせん》を落《お》とす。

「うあっ、なに？　なにっ？」

十三階段《かいだん》の呪《のろ》いの暗黒《あんこく》が、わたしの左足《ひだりあし》にからみついていた。

足《あし》を引《ひ》き抜《ぬ》くことはできなかった。暗黒《あんこく》は強《つよ》い力《ちから》で、左足《ひだりあし》をからめとっている。

生《い》きているはずのないソレから、なぜかしら**「逃《に》がさない……」**という強《つよ》い意志《いし》のようなものが感《かん》じられた。

暗黒《あんこく》は、次《つぎ》なるいけにえを求《もと》めているのだ。

足先《あしさき》から足首《あしくび》、すね、ふくらはぎ、そしてひざまで、わたしの左足《ひだりあし》を、静《しず》かに、はいあがってくる。

グイッ

ふいに、ものすごい力《ちから》で、左足《ひだりあし》が、踊《おど》り場《ば》のゆかのまっ黒《くろ》な空間《くうかん》へと、引《ひ》っぱられた。

「わわっ」

階段《かいだん》の踊《おど》り場《ば》のゆかに、左《ひだり》ひざから下《した》がズブズブッと沈《しず》みこむ。

暗黒《あんこく》は、休《やす》む間《ま》も考《かんが》える間《ま》もあたえてくれない。

わたしの太《ふと》ももを、**ズズッ……ズズッ……**と生《い》き物《もの》のように、にじりあがってくる。

な、なんなの……、これ……？

シュッ
空気《くうき》を切り裂《さ》く音《おと》がして、わたしの右《みぎ》うでに、くるくるとドクパンの骨《ほね》ムチがからみついた。

「ドクパン！」

「春《はる》、今《いま》、助《たす》けるよぉ……！」

ドクパンが顔《かお》をまっ赤《か》にして骨《ほね》ムチをたぐり、わたしの身体《からだ》を引《ひ》き寄《よ》せようとする。

しかし……。

ダメだ。

黒《くろ》い闇《やみ》の力《ちから》のほうが、はるかに強《つよ》い。


ズ……ズブブ……


身体《からだ》が闇《やみ》の中《なか》にのまれていく。

「アオオオオン」

雄《お》たけびが響《ひび》き、二階《かい》からちいさな影《かげ》が、――わんころべぇが飛《と》んできた。

具合《ぐあい》の悪《わる》い身体《からだ》にむち打《う》って、わたしを助《たす》けに……？

わんころべぇは骨《ほね》ムチにかぶりつくと、四肢《しし》をゆかにふんばって、ドクパンといっしょにわたしを引《ひ》きずりあげようと力《ちから》をこめる。牙《きば》をむき出《だ》しにして、必死《ひっし》に！

けれど、やはりダメ。

わたしを引《ひ》きずりだすどころか、骨《ほね》ムチをくわえているわんころべぇのちいさな身体《からだ》まで、暗《くら》闇《やみ》へと、じりじり引《ひ》きずられていく。

ズズ……ズズブッ……

ついに、わたしは腰《こし》のあたりまで、まっ黒《くろ》な空間《くうかん》に取《と》りこまれてしまった。

あっ、そ、そうだ、護符《ごふ》……。護符《ごふ》がある。

護符《ごふ》をっ……！

わたしは護符《ごふ》を暗闇《くらやみ》におしつけようと、自分《じぶん》のむねまで迫《せま》っている暗黒《あんこく》にむかって、左手《ひだりて》をふりおろした。

しかし、護符《ごふ》が力《ちから》を発揮《はっき》する間《ま》はなかった。

暗黒空間《あんこくくうかん》が目《め》にもとまらぬはやさで、左手《ひだりて》ごと護符《ごふ》をのみこんでしまったのだ。

それはまるで、護符《ごふ》のことを知《し》っていて、その力《ちから》を発揮《はっき》させせまいとするかのような動《うご》きだった。

暗黒《あんこく》の中《なか》で、護符《ごふ》は無力化《むりょくか》されてしまったようだ。

いまや、わたしの身体《からだ》で暗黒《あんこく》の外《そと》に出《で》ているのは、むねから上《うえ》とドクパンの骨《ほね》ムチがからみついている右《みぎ》うでだけとなっていた。

あ、あ……、まずい……。このままじゃ……、愛《あい》さんの……ように……。

でも、もうなんの抵抗《ていこう》もできない。

なんの手段《しゅだん》もない。それなら、せめて……。

「もう、もういいよっ、ドクパンっ、わんころべぇっ。このままじゃ、二人《ふたり》まで十三階段《かいだん》の呪《のろ》いに取《と》りこまれちゃうから……、だから、だから、もう、このムチほどいてっ！　ドクパンもわんころべぇも、逃《に》げてっ！」

「ガウルルルッ」

わたしの言葉《ことば》をかき消《け》さんばかりに、骨《ほね》ムチをくわえたままのわんころべぇが、おおきなうなり声《ごえ》をあげた。

最後《さいご》まであきらめるな……と、言《い》わんばかりに。

けど、……も、もう……、だめ……。

「――ドクパンちゃん！　この手鏡《てかがみ》を、あの闇《やみ》に投《な》げいれてっ！」

鏡子《きょうこ》さんのさけび声《ごえ》が聞《き》こえた。

「ええっ……、で、でも……」

「このままじゃ春《はる》があぶないっ！　私《わたし》がこの呪《のろ》いをおさえつけるから……、なんとかするから、はやくっ！」

悲鳴《ひめい》にも似《に》た、必死《ひっし》の訴《うった》え。階段《かいだん》の踊《おど》り場《ば》に、絶叫《ぜっきょう》が響《ひび》く。

「で、でもそんなことしたら、鏡子《きょうこ》さんが……」

ドクパンがオロオロと二《に》の足《あし》を踏《ふ》む。

「私《わたし》ならだいじょうぶ。もともと霊体《れいたい》みたいなものだから、きっとなんとかなるわ。それより今《いま》は、春《はる》を助《たす》けることが先決《せんけつ》。はやくっ！　ドクパンちゃん、お願《ねが》いだからっ！　**お願《ねが》いっ！**」

「う、うん、わかったよ」

鏡子《きょうこ》さんに強《つよ》くうながされたドクパンは、わ

たしの胸《むな》もとにむかって、手鏡《てかがみ》を投《な》げいれた。

バシュッ！

激《はげ》しい音《おと》とともに、まばゆい光《ひかり》があたりを照《て》らした。ふいをつかれて、目《め》がくらむ。

「キャアァッ……！」

鏡子《きょうこ》さんの悲鳴《ひめい》が聞《き》こえた。

同時《どうじ》に。

パシーン！

どこか遠《とお》く離《はな》れたところで、なにかが破裂《はれつ》するような、かわいた音《おと》が響《ひび》いた。

「鏡子《きょうこ》さんっ⁉」

わたしはソロソロとまぶたを開《ひら》き、すぐ目《め》の前《まえ》でくり広《ひろ》げられている光景《こうけい》に、おもわず息《いき》をのむ。

光《ひかり》と闇《やみ》が、激《はげ》しく交錯《こうさく》していた。

手鏡《てかがみ》がはなつ清《きよ》らかな光《ひかり》と悪意《あくい》を帯《お》びた呪《のろ》いの暗闇《くらやみ》。それらが、たがいを打《う》ち消《け》しあうように絡《から》みあっていた。

ぼうぜんと見《み》まもるだけのわたし。

とつぜん、むねまで取《と》りこまれていたわたしの身体《からだ》が、暗黒空間《あんこくくうかん》からはじきだされた。そのまま、気《き》を失《うしな》って倒《たお》れている愛《あい》さんの横《よこ》に、ドサッとほうり出《だ》される。

「あたっ……」

「春《はる》っ！」

ドクパンがわたしのもとに駆《か》けよって、抱《だ》きおこしてくれた。「だいじょうぶぅ？　ケガはない？」

「う、うん。それより、鏡子《きょうこ》さんは……」

十三段目《だんめ》があったはずの場所《ばしょ》に視線《しせん》をむける。

しかし……。

そこにはもう、なにもなかった。

光《ひかり》も暗闇《くらやみ》も……。

さっきまでのさわぎがウソのように、シンとした静寂《せいじゃく》が、あたりをつつみこんでいる。

ただ……。

ただ、暗闇《くらやみ》があったはずの踊《おど》り場《ば》のゆかの上《うえ》に、手鏡《てかがみ》がひとつ、ポツンとのこされているだけだ。

どうなったの……？　これ、どういうことなの……？
ドクパンがおずおずと手鏡《てかがみ》をひろいあげる。
その鏡面《きょうめん》に、縦《たて》一本《いっぽん》のヒビが入《はい》っていた。
「鏡子《きょうこ》さんっ⁉」
わたしはドクパンから手鏡《てかがみ》を奪《うば》いとると、すがりつくようにして、呼《よ》びかけてみた。
けれど、なんの反応《はんのう》もない。
どうしたんだろ？
鏡子《きょうこ》さん……。どうなってるの？
今《いま》までのことは、現実《げんじつ》のできごとだったんだろうか？
あの暗闇《くらやみ》も、そして光《ひかり》も……、すべて夢《ゆめ》や幻《まぼろし》だったかのようだ。
どう頭《あたま》の中《なか》をまとめていいのか、なにもわからない。
ただただ、ドクパンと顔《かお》を見《み》あわせて、立《た》ちつくすのみ。
「う……ううん」
気絶《きぜつ》していた愛《あい》さんが、ちいさなうめき声《ごえ》をあげた。
あっ、まずい。

ハッと我《われ》にかえったわたしは、ドクパンに手鏡《てかがみ》を押《お》しつけた。

「ドクパン。あんた、愛《あい》さんに見《み》つかったら大変《たいへん》だから、これ持《も》って、わんころべぇといっしょに霊組《れいくみ》にもどってて。花《はな》ちゃんのこと、たのんだよ」

「う、うん。わかったよ」

力《ちから》を使《つか》いはたして、すこしぐったりしているわんころべぇを小《こ》わきにかかえると、ドクパンは階段《かいだん》を駆《か》けあがって行《い》った。

その後《うし》ろ姿《すがた》を見送《みおく》ってから、わたしは愛《あい》さんに近《ちか》づいて、そっと肩《かた》をゆり動《うご》かした。

しかし、愛《あい》さんはかすかにうめくだけで、目《め》を開《あ》けようとはしない。

うーん。こりゃ、下手《へた》に動《うご》かさないで、病院《びょういん》に連《つ》れていったほうがいいのかも……。

そう判断《はんだん》したわたしは階段《かいだん》を駆《か》けおりると、職員室《しょくいんしつ》のある南校舎《みなみこうしゃ》へまっすぐにむかったのでした。

5 鏡《かがみ》のゆくえ

「先生《せんせい》っ！」

職員室《しょくいんしつ》に駆《か》けこむと、のこっていた三人《にん》の先生《せんせい》たちは、そろって目《め》を丸《まる》くした。

それはそうだろう。夏休《なつやす》みまっ最中《さいちゅう》の、しかも夕方《ゆうがた》おそくに生徒《せいと》が一人《ひとり》、青《あお》い顔《かお》をして飛《と》びこんできたんだから。

六年《ねん》の担任《たんにん》の富田功《とみたいさお》先生《せんせい》が声《こえ》をかけてきたので、北村愛《きたむらあい》さんが北校舎階段《きたこうしゃかいだん》の踊《おど》り場《ば》にいることを伝《つた》えた。

もちろん、こわいもの係《がかり》として見《み》たものを、くわしく説明《せつめい》するわけにはいかないので、たまたま忘《わす》れ物《もの》を取《と》りに学校《がっこう》に来《き》ていて、たまたま階段《かいだん》で倒《たお》れている愛《あい》さんを見《み》つけた……ってことにした。

富田《とみた》先生《せんせい》は近《ちか》くにいた若《わか》い男《おとこ》の先生《せんせい》に、校長先生《こうちょうせんせい》やほかの先生《せんせい》、そして愛《あい》さんの家族《かぞく》へ連絡《れんらく》するように、そしてもう一人《ひとり》の先生《せんせい》に警察《けいさつ》と救急《きゅうきゅう》に電話《でんわ》するように、テキパキと指示《しじ》。

それから、わたしとともに、愛《あい》さんのところへとむかった。

愛《あい》さんは踊《おど》り場《ば》に横《よこ》たわったまま、まだ気《き》を失《うしな》っていた。

先生《せんせい》は愛《あい》さんのおでこに手《て》を当《あ》てたり、手首《てくび》の脈《みゃく》をとったりしていたけれど、やがておおきな問題《もんだい》はなさそうだと言《い》って、ほっと息《いき》をはき出《だ》した。

愛《あい》さんはときおり「う……うん」とちいさくうめくだけで、なかなか意識《いしき》がもどらない。

悪《わる》い夢《ゆめ》でも見《み》ているんだろうか？

しかたないよね。十三階段《かいだん》のせいで、たっぷりこわい思《おも》いをしたうえに、とどめが目《め》の前《まえ》にドクパンの顔《かお》だもんね。わたしだって気絶《きぜつ》するよ、うん。


やがて先生《せんせい》たちやおまわりさん、救急《きゅうきゅう》の人《ひと》たちが集《あつ》まってきた。

愛《あい》さんのお父《とう》さんとお母《かあ》さんもやってきて、何度《なんど》も何度《なんど》もわたしにお礼《れい》を言《い》ってきた。

救急《きゅうきゅう》の人《ひと》の見《み》たてでは、愛《あい》さんの身体《からだ》には、とくに異常《いじょう》はないということだったけれど、念《ねん》のためにということで、救急車《きゅうきゅうしゃ》で病院《びょういん》へと運《はこ》ばれていった。

ほっ……。

やれやれ。これで一安心《ひとあんしん》。それよりも……。

ホントのところ、わたしはとっととこの場《ば》を立《た》ち去《さ》って、すぐにでも霊組《れいくみ》に飛《と》んでいきたかった。

けれども第一発見者《だいいちはっけんしゃ》ってことで、先生《せんせい》やおまわりさんにつかまって、いろいろ質問攻《しつもんぜ》めにあってしまったのだ。

ま、なにを聞《き》かれたところで、

「よくわかりません、知《し》りません、忘《わす》れ物《もの》を取《と》りにきたら、うめき声《ごえ》が聞《き》こえてきて、階段《かいだん》の踊《おど》り場《ば》を見《み》たら、愛先輩《あいせんぱい》がいたんです」って、くり返《かえ》し答《こた》えるだけだったけどね。

それでもけっこうな時間《じかん》を取《と》られてしまい、ジジョーチョーシュからようやく解放《かいほう》されたときには、外《そと》はもうまっ暗《くら》になっていた。

さすがにこういう事件《じけん》がおきたばかりなので、子《こ》ども一人《ひとり》で家《いえ》に帰《かえ》らせるってわけにもいかなかったのだろう。

連絡《れんらく》を受《う》けて駆《か》けつけてきたわたしのクラスの担任《たんにん》、香川由希子先生《かがわゆきこせんせい》が、車《くるま》で家《いえ》まで送《おく》ってくれることになった。

わたしは花《はな》ちゃんや鏡子《きょうこ》さんのことが気《き》になりつつも、言《い》われるままに先生《せんせい》の車《くるま》に乗《の》りこむしかなくて。

走《はし》る車《くるま》の窓《まど》から、外《そと》の景色《けしき》をぼんやりとながめながら、わたしの心《こころ》の中《なか》は、ただひたすら不安《ふあん》でいっぱいだった。

愛《あい》さんを助《たす》けられて良《よ》かったという気持《きも》ちとはうらはらに、むねの奥底《おくそこ》によどむ、どす黒《ぐろ》いモヤモヤを、ずーっと感《かん》じていたのでした。


翌朝《よくあさ》。

わたしは『あさひ座《ざ》』の練習《れんしゅう》が始《はじ》まるよりもずっと早《はや》い時間《じかん》に、あさひ小《しょう》にやって来《き》た。

もちろん目的《もくてき》はひとつ。

北校舎《きたこうしゃ》の五年霊組《ねんれいくみ》へと、まっしぐらにむかう。

壁《かべ》をすり抜《ぬ》け、教室《きょうしつ》の戸《と》に手《て》をかける。

たてつけの悪《わる》い戸《と》が、今日《きょう》はいつも以上《いじょう》に開《ひら》きが悪《わる》く、もどかしい思《おも》いがつのる。

ようやく**ガタガタタッ**……と、戸《と》を開《あ》けはなち、

「鏡子《きょうこ》さんっ、花《はな》ちゃん！」と、大声《おおごえ》とともに教室《きょうしつ》へと駆《か》けこんで……。

わたしは言葉《ことば》を失《うしな》った。

……イヤな予感《よかん》ってのは、だいたい当《あ》たる。

いつだってそうだ。

霊組《れいくみ》は……。

いつもの霊組《れいくみ》ではなかった。

おなじみ花《はな》ちゃんの、ニコニコ笑顔《えがお》のおでむかえがない。

シンと静《しず》まりかえった教室《きょうしつ》のまん中《なか》で、花《はな》ちゃんとドクパンは机《つくえ》をはさんで、むかいあって座《すわ》っていた。

二人《ふたり》そろって、肩《かた》をふるわせながらうつむいている。

ドクパンの足《あし》もとにうずくまっているわんころべぇが、顔《かお》をあげてわたしを見《み》ると、

「きゅーん……」と、力《ちから》のないちいさな声《こえ》をあげた。

花《はな》ちゃんが、そろそろとわたしに顔《かお》をむける。

その目《め》は泣《な》きはらしたように、まっ赤《か》だった。

ドクパンはずっとうつむいたまま、ちいさく何度《なんど》もすすりあげている。

そして……。

そして、わたしはジグソーパズルのピースがひとつ、欠《か》けていることに気《き》づく。

鏡子《きょうこ》さんが。

鏡子《きょうこ》さんの姿《すがた》が……、見《み》えない。

鏡子《きょうこ》さんがいないっ。

ふと、花《はな》ちゃんとドクパンの間《あいだ》にある机《つくえ》の上《うえ》に、視線《しせん》が行《い》った。

そこに、文庫本《ぶんこぼん》くらいのおおきさの鏡《かがみ》がおいてあった。

割《わ》れた鏡《かがみ》の破片《はへん》が一枚《まい》。

ギザギザで、するどくとがっていて……。

心臓《しんぞう》がおおきくドクンと打《う》つ。

「……は、はるるぅん……」

花《はな》ちゃんがよわよわしく泣《な》き声《ごえ》まじりで、わたしの名前《なまえ》をよぶ。

「は、花《はな》ちゃん。身体《からだ》はもういいの？」

わたしの問《と》いかけに、花《はな》ちゃんはおおきな目《め》に涙《なみだ》をためたまま、口《くち》もとをゆがめて、ちいさくうなずいた。

むねのドキドキがいっきにはやくなる。

なに……？

なにが……？

なにが、あったの……？

聞《き》きたくない、たしかめたくない、口《くち》に出《だ》したくない……。

でも、でも……。

わたしは必死《ひっし》の思《おも》いで、声《こえ》をしぼり出《だ》した。

「きょ、鏡子《きょうこ》さんは……、どう……なったの？」

その言葉《ことば》が引《ひ》き金《がね》になった。

花《はな》ちゃんのおおきな目《め》から、大《おお》つぶの涙《なみだ》がボロボロとこぼれだす。

「うあぁぁぁぁ……」

ちいさな手《て》で顔《かお》をおおって、しゃくりあげる。

わたしは花《はな》ちゃんに駆《か》けよると、泣《な》きじゃくるその身体《からだ》を抱《だ》きあげた。

花《はな》ちゃんはわたしの首《くび》に両《りょう》うでを回《まわ》し、シャツのえりもとをギュッとにぎりしめながら、ただ泣《な》きつづける。

「ド、ドクパン。いったい、なにがどうなってるの？　教《おし》えて」

ドクパンがしずかに顔《かお》をあげる。

こちらもかなり泣《な》いたのだろう。パンダメイクのための、目《め》のまわりのアイシャドウが涙《なみだ》で流《なが》れ落《お》ちて、黒《くろ》いすじが何本《なんぼん》もほおにのこっていた。

「春《はる》……。鏡子《きょうこ》さんが……、鏡子《きょうこ》さんが……、帰《かえ》ってこないのよぉ」

え……。

なに？

今《いま》、なんて言《い》ったの……。

クラッ……

立《た》ちくらみがして、わたしは花《はな》ちゃんが座《すわ》っていたイスに、ストンと腰《こし》を落《お》とした。

耳《みみ》もとでは、花《はな》ちゃんがはげしくしゃくりあげている。花《はな》ちゃんの涙《なみだ》が、シャツの肩《かた》に、じっとりとにじんでくるのがわかる。

「……うそ。そんな……、そんなことって……」

わたしがつぶやくようにもらすと、ドクパンはハンカチで涙《なみだ》をぬぐいながら言《い》った。

くしゃくしゃのハンカチは、アイシャドウでまっ黒《くろ》になっていた。

「昨日《きのう》ね……、あれからアタイ、霊組《れいくみ》にもどったの。そしたら、花《はな》ちゃんは元気《げんき》になってて。悪《わる》いヤツいなくなったね……って、二人《ふたり》で喜《よろこ》んだの。鏡子《きょうこ》さんはいなかったけど、すぐに帰《かえ》ってくるだろうって思《おも》ってて。でも、ま夜中《よなか》になっても……、朝《あさ》になっても、帰《かえ》ってこなくて」

ドクパンの目《め》から、涙《なみだ》が一《ひと》つぶ、ポロリとこぼれ落《お》ちる。

「……それでね、アタイたち心配《しんぱい》になってね、二人《ふたり》でこっそり、霊組《れいくみ》を出《で》て家庭科室《かていかしつ》に行《い》ってみたの。そしたら……、そしたらこれ……が……」

ドクパンが声《こえ》を詰《つ》まらせながら、右手《みぎて》で机《つくえ》の上《うえ》の鏡《かがみ》をそっとなでた。

鏡《かがみ》の破片《はへん》……。

割《わ》れた鏡《かがみ》……。

わたしは身体中《からだじゅう》から、血《ち》の気《け》がすーっとひくのがわかった。

まさか……。

まさかまさかまさかっ……。

そんなこと……、まさか……。

昨日《きのう》、十三階段《かいだん》の暗闇《くらやみ》と鏡子《きょうこ》さんの鏡《かがみ》の光《ひかり》が混《ま》じりあったときに、鏡子《きょうこ》さんの悲鳴《ひめい》と同時《どうじ》に、どこからか聞《き》こえた、**パシーン**という破裂音《はれつおん》。

あれが、まさか……。

わたしは花《はな》ちゃんを抱《だ》っこしたまま立《た》ちあがると、教室《きょうしつ》を飛《と》びだした。

わんころべぇを抱《かか》えたドクパンが、あとにつづく。

十三階段《かいだん》のあった階段《かいだん》をとぶように駆《か》けおり、一階《かい》の廊下《ろうか》へ。

理科室前《りかしつまえ》の廊下《ろうか》を走《はし》りぬけ、つきあたりにある家庭科室《かていかしつ》へと、いっきに駆《か》けこむ。

「うっ……」

目《め》に飛《と》びこんできた家庭科室《かていかしつ》の惨状《さんじょう》に、わたしは声《こえ》をのんだ。


二百年以上前《ねんいじょうまえ》に、ヨーロッパで作《つく》られたという大鏡《おおかがみ》。

大鏡《おおかがみ》は割《わ》れて、こなごなに砕《くだ》け散《ち》っていた。


家庭科室《かていかしつ》のゆかには、おおきなモノからちいさなモノまで、古鏡《ふるかがみ》の破片《はへん》が散《ち》らばっている。

そうとうな衝撃《しょうげき》だったのだろう。破片《はへん》はかなり遠《とお》くまで飛《と》び散《ち》っていた。

家庭科室《かていかしつ》の壁《かべ》には、ただ、鏡《かがみ》をはめこんでいた彫《ほ》りこみ造《づく》りの木枠《きわく》がのこっているだけだ。

「キョーコぉ……」

花《はな》ちゃんがよわよわしく、木枠《きわく》にむかって呼《よ》びかける。

「長《なが》いあいだ、こわれずに残《のこ》っている大鏡《おおかがみ》には、精霊《せいれい》がやどるのよ」

鏡子《きょうこ》さんは、そう言《い》ってた。

その精霊《せいれい》ってのが、鏡子《きょうこ》さんで……。

でも、その鏡《かがみ》がこわれてしまって。

これって……。

ひざがガクガクとふるえだして、止《と》められない。

頭《あたま》の中《なか》でガンガンと音《おと》がして、なにをどう考《かんが》えればいいのか、わからない。

「キョーコ……」

もう一度《いちど》、鏡子《きょうこ》さんの名前《なまえ》をつぶやくと、花《はな》ちゃんはまた、おおきな声《こえ》で泣《な》きじゃくりはじめた。

「うあああああぁぁっ……」

家庭科室《かていかしつ》に響《ひび》く、花《はな》ちゃんの泣《な》き声《ごえ》。

わたしとドクパンは、無残《むざん》に砕《くだ》け散《ち》った鏡《かがみ》の破片《はへん》を見《み》つめながら、ただ言葉《ことば》もなく立《た》ちつくしているだけだった。

6 先輩《せんぱい》・友花《ともか》の呪文《じゅもん》

九月《がつ》も終《お》わりに近《ちか》づきつつある。

十月《がつ》に入《はい》れば、すぐにあさひ小大運動会《しょうだいうんどうかい》が、つづく十一月《がつ》の頭《あたま》には、あさひ小文化祭《しょうぶんかさい》が行《おこな》われる。

勉強《べんきょう》を離《はな》れ、クラスが一体《いったい》となって盛《も》りあがる行事《ぎょうじ》が、めじろおしだ。

学校全体《がっこうぜんたい》に、ウキウキワクワクそわそわした空気《くうき》がただよっているのは、当然《とうぜん》のことだろう。

でも。

でも……。

今《いま》のわたしには、まわりのそんな楽《たの》しげでうかれたムードが、ただただ重《おも》すぎる。


霊組《れいくみ》の教室《きょうしつ》には、毎日《まいにち》のように足《あし》を運《はこ》んでいる。

「はるるん……」

花《はな》ちゃんはさみしげな色《いろ》をやどした瞳《ひとみ》で、そっと両手《りょうて》を差《さ》しのばしてくる。

わたしは花《はな》ちゃんを抱《だ》きあげて、いつもの自分《じぶん》の席《せき》に、腰《こし》を落《お》ちつける。

横《よこ》の席《せき》では、ドクパンがしょんぼりとうつむいている。

そして、後《うし》ろの席《せき》には、キラキラの金髪《きんぱつ》をいじりながら、外国《がいこく》の文字《もじ》がいっぱいの本《ほん》を、いっしんに読《よ》みふける鏡子《きょうこ》さんが……。

いない。

ただ、白《しろ》い布《ぬの》にくるまれた大鏡《おおかがみ》の破片《はへん》が、鏡子《きょうこ》さんがいつも本《ほん》を広《ひろ》げていた机《つくえ》の上《うえ》に、おいてあるだけ。

消《き》えてしまった主《あるじ》のかわりに、無言《むごん》のまま、そこにあるだけだ。

「花《はな》ちゃんのせいだ……」

花《はな》ちゃんが目《め》に涙《なみだ》をためてつぶやく。

「花《はな》ちゃんが……、花《はな》ちゃんがもっとつよくて、わるいヤツをしっかりやっつけられたら、よかったんだ……」

「そんなことないよっ！」

ドクパンが語気《ごき》を強《つよ》めて否定《ひてい》する。「花《はな》ちゃんは悪《わる》くないよ。いっつも一生懸命《いっしょうけんめい》やってるよぉ」

そう。

花《はな》ちゃんは、いつもがんばってる。

あさひ小学校《しょうがっこう》に見《み》えない結界《けっかい》をはって、悪《わる》い霊《れい》や妖怪《ようかい》を追《お》いはらってくれてるんだ。

思《おも》えば、十三階段《かいだん》の呪《のろ》いのパワーだって、きっと花《はな》ちゃんの力《ちから》で、弱《よわ》められていたんだと思《おも》う。

だからこそ、呪《のろ》いに取《と》りこまれていた愛《あい》さんを、あっさり助《たす》けだすことができたし、その愛《あい》さんも、あれからすぐに、元気《げんき》を取《と》りもどすことができたんだ。

倒《たお》れるほどがんばって、花《はな》ちゃんは十三階段《かいだん》の呪《のろ》いの威力《いりょく》をおさえていた。

懸命《けんめい》に。

「……悪《わる》いのはアタイだよ。あのとき……、アタイがあいつの中《なか》に、手鏡《てかがみ》を投《な》げこんだから……」

ドクパンが消《き》え入《い》りそうな声《こえ》でつぶやく。

「ちがうって！」

わたしはおおきく首《くび》をふる。

「ドクパンはわたしを助《たす》けようとして、鏡子《きょうこ》さんの指示《しじ》に従《したが》っただけじゃん！」

そうだ。

あのときドクパンは、わたしのそばにいて、わたしを助《たす》けようと必死《ひっし》にがんばってくれた。

せっぱつまった状況《じょうきょう》で、あんなふうに鏡子《きょうこ》さんから強《つよ》く何度《なんど》もお願《ねが》いされたら、だれだって同《おな》じ行動《こうどう》をとるだろう。

だれも、あのときのドクパンを責《せ》めることなんかできない。

そう、ドクパンのせいなんかじゃない。

わかってるんだ。

わたしは奥歯《おくば》をギリッとかみしめた。

「悪《わる》いのは……わたしだよ。鏡子《きょうこ》さんはやめろって忠告《ちゅうこく》してくれたのに、かるはずみに行動《こうどう》したから……」

「「**ちがうよ！**」」

花《はな》ちゃんとドクパンの声《こえ》が重《かさ》なり合《あ》って、わたしの言葉《ことば》をうち消《け》す。

「春《はる》は、こわいもの係《がかり》として、あの子《こ》を助《たす》けようとしただけだよ。悪《わる》くなんかないよっ」

「そうだよ。はるるんはわるくないよ。そんなこといったら……、だめっ……」

花《はな》ちゃんがわたしのシャツをギュッとつかんで、涙《なみだ》まじりの目《め》で見《み》あげる。

こういうやりとりが、この一ヶ月《かげつ》の間《あいだ》、何度《なんど》くり返《かえ》されたことか……。

三人《にん》が三人《にん》ともみな、自分《じぶん》が悪《わる》いと考《かんが》えている。

それぞれが、鏡子《きょうこ》さんがいなくなったことに対《たい》する責任《せきにん》を感《かん》じている。

そして、その責任《せきにん》の重《おも》さを感《かん》じるほどに、気持《きも》ちはますます深《ふか》く落《お》ちこみ、霊組《れいくみ》の教室《きょうしつ》には、ただただ重苦《おもくる》しい空気《くうき》だけがただようのだ。

「きゅーん……」

わんころべぇも、あいかわらず。

もともと調子《ちょうし》が悪《わる》そうなところに、鏡子《きょうこ》さんがいなくなり、花《はな》ちゃんやドクパンがふさぎこんでいるもんだから、よけい元気《げんき》がないように感《かん》じられる。

ドクパンが両手《りょうて》を伸《の》ばし、そっとわんころべぇを抱《だ》きあげ、ひざの上《うえ》にのせる。

わんころべぇはすぐに身体《からだ》を丸《まる》めて、静《しず》かに目《め》を閉《と》じた。

わたしは毎日《まいにち》のように、霊組《れいくみ》の教室《きょうしつ》に足《あし》を運《はこ》ぶ。

そして、毎日《まいにち》のように、霊組《れいくみ》の教室《きょうしつ》はシンと暗《くら》くなるのだった。


わたしは生徒会室《せいとかいしつ》のイスに腰《こし》かけ、自分《じぶん》のひざの上《うえ》においたこぶしに、じっと視線《しせん》を落《お》としていた。

なにをするでもない。

ただそこにいて、ただ座《すわ》っているだけ。

生徒会長《せいとかいちょう》で、先代《せんだい》のこわいもの係《がかり》である豊川友花先輩《とよかわともかせんぱい》も無言《むごん》のまま、静《しず》かにわたしを見《み》つめている。

あれから何度《なんど》、ここに来《き》たことだろう。

何度《なんど》、友花先輩《ともかせんぱい》に泣《な》き言《ごと》をもらしただろう。

そう、はじめはまだ良《よ》かった。

泣《な》き言《ごと》が言《い》えた。弱音《よわね》を吐《は》けた。自分《じぶん》を責《せ》めることができた。

でも最近《さいきん》は……。

今日《きょう》もそう。なにもできない。

なにもする気《き》がおきない。

ここに来《き》て、ただおし黙《だま》って、時間《じかん》がすぎていくのを待《ま》っているだけだ。

そして、結局《けっきょく》なにも変《か》わらない。

なにもおこらないし、なにも前《まえ》に進《すす》まない。

鏡子《きょうこ》さんがいなくなって、一ヶ月以上《かげついじょう》の時《とき》がすぎただけ。


鏡子《きょうこ》さんは……、帰《かえ》ってこない。


「春《はる》。美里《みさと》ちゃんが心配《しんぱい》してたよ」

わたしが、スンとちいさくはなをすすりあげると同時《どうじ》に、友花先輩《ともかせんぱい》が口《くち》を開《ひら》いた。「……あさひ座《ざ》の公演《こうえん》が近《ちか》いってのに、春《はる》の調子《ちょうし》がイマイチだって」

そう。

あさひ小文化祭《しょうぶんかさい》も間近《まぢか》に迫《せま》っているというのに、『あさひ座《ざ》』の練習《れんしゅう》にも、ちっとも身《み》がはいらない。

始終《しじゅう》、セリフはとちるわ、たちまわりの段取《だんど》りを忘《わす》れるわで、美里部長《みさとぶちょう》や秀美副部長《ひでみふくぶちょう》から、雷《かみなり》を落《お》とされない日《ひ》はない。

美里部長《みさとぶちょう》が心配《しんぱい》してくれているのは、わかってる。

ある日《ひ》の練習《れんしゅう》のあと、美里部長《みさとぶちょう》がこっそり、こう言《い》ったのだ。

「春《はる》、なにか心配《しんぱい》ごとや悩《なや》んでいることがあるんなら、えんりょなく言《い》ってね。力《ちから》になれるかどうかはわかんないけど、話《はなし》を聞《き》くくらいはできるから……」

ほかの部員《ぶいん》の手前《てまえ》、練習中《れんしゅうちゅう》はビシバシきびしいけど、そうでないときはそっと見《み》まもって、気《き》づかってくれている。

わかってる。

けれど、こればかりは、部長《ぶちょう》に相談《そうだん》するわけにはいかないんだ。

わたしはもう一度《いちど》、ちいさくはなをすすると、ゆっくり顔《かお》をあげた。

「友花先輩《ともかせんぱい》……、鏡子《きょうこ》さんは、どうなっちゃったんでしょうか？」

わたしの顔《かお》を見《み》かえす友花先輩《ともかせんぱい》の目《め》に、すこし困惑《こんわく》の色《いろ》がうかぶ。

先輩《せんぱい》はうで組《ぐ》みをすると、生徒会長席《せいとかいちょうせき》のイスの背《せ》もたれにちいさな身体《からだ》をあずけて、天《てん》をあおいだ。

「んー……。わたし、二年間《ねんかん》こわいもの係《がかり》やったけど、家庭科室《かていかしつ》の鏡《かがみ》が割《わ》れたらどうなるかなんて、考《かんが》えもしなかったからな。だいたいのところ、あっちの世界《せかい》のことは、今《いま》でも、知《し》らないことばかりだし」と、ちいさく肩《かた》をすくめる。「ま、こういうわけわからない疑問難問《ぎもんなんもん》にぶちあったときこそ、鏡子《きょうこ》さんの知識《ちしき》がたよりだったたんだけどね」

そうだ。

その貴重《きちょう》な『霊組《れいくみ》の知恵袋《ちえぶくろ》』が失《うしな》われてしまった……。

わたしのせいで。

五年霊組《ねんれいくみ》はこれから、いったいどうなっちゃうんだろう。

わたし、どうしたらいいんだろう……。

「——あっ！」

ふいに、スットンキョウな声《こえ》を上《あ》げて、友花先輩《ともかせんぱい》がパチンと手《て》をうった。

「そうだそうだっ。霊組《れいくみ》にはもう一人《ひとり》、あっちの世界《せかい》のことにくわしそうなのがいたよ！」

もう一人《ひとり》？

「だれのことですか？」

「担任《たんにん》の先生《せんせい》！」

……？

「担任《たんにん》って……。由希子《ゆきこ》先生《せんせい》のこと……？」

「ちがうちがう。五年霊組《ねんれいくみ》の担任《たんにん》の先生《せんせい》。そうだそうだ、そうだった。影《かげ》が薄《うす》いから、すっかり忘《わす》れてた。先生《せんせい》に聞《き》いてみれば、なにかわかるかもっ！」

先輩《せんぱい》がやや興奮気味《こうふんぎみ》に声《こえ》をはずませる。

でもわたしには、先輩《せんぱい》がなにを言《い》ってるのか、さっぱり理解《りかい》できない……。

わたしがけげんそうにしていることに気《き》がついた友花先輩《ともかせんぱい》は、顔《かお》の前《まえ》に右手《みぎて》を立《た》てると、もうしわけなさそうに舌《した》をぺろりと出《だ》した。

「ごめんごめん、引《ひ》きつぎミスだね。春《はる》には言《い》ってなかったけど、じつは霊組《れいくみ》の教室《きょうしつ》には先生《せんせい》がいるんだよ」

「ええっ？」

いきなりの爆弾発言《ばくだんはつげん》に、目《め》が丸《まる》くなる。初耳《はつみみ》だ。「ど、どこに……？」

「教室《きょうしつ》の後《うし》ろに、掃除用具入《そうじようぐい》れのロッカーがあるでしょ」

「はい」

「あの中《なか》」

？

「くわしくは、花《はな》ちゃんに聞《き》いてみて。いちおう『先生《せんせい》』っていうくらいだから、鏡子《きょうこ》さんのこと、なにかわかるかもしれないよ」

「はぁ……」

まったく、わけわかんないんですけど……。

とりあえず花《はな》ちゃんに聞けばいいんですね。

「なにか情報《じょうほう》があったら教《おし》えてね。協力《きょうりょく》できることがあったら、なんでも手伝《てつだ》うから」

「……わかりました」

「よし。んで、それはそれとしてっ……」

友花先輩《ともかせんぱい》がニッコリ笑《わら》って、話題《わだい》を変《か》える。「春《はる》。最近《さいきん》ヘンなうわさ話《ばなし》があるんだけど、聞《き》いてる？」

「なんですか？」

「校庭《こうてい》のジャングルジムで遊《あそ》んでいる子《こ》が聞《き》いたという、『**姿《すがた》なきあかんぼうの泣《な》き声《ごえ》**』のことだよ」

あぁ……。

昨日《きのう》、クラスの男子《だんし》がコソコソ話《はな》しているのを耳《みみ》にしたっけ。

二、三日前《にちまえ》の昼休《ひるやす》み時間《じかん》のこと。
ジャングルジムで遊《あそ》んでいた六年生《ねんせい》の男子《だんし》が、すぐ近《ちか》くで泣《な》き声《ごえ》が聞《き》こえることに気《き》がついた。

それは「ふぎゃ……、ふぎゃ、ふにゃ……」と、弱々《よわよわ》しく、とぎれとぎれに聞《き》こえた。

これは……、猫《ねこ》？

……いや、ちがう。赤《あか》ちゃん？

そうだ、あかんぼうの泣《な》き声《ごえ》だ。

男《おとこ》の子《こ》はあたりを見《み》まわした。しかし、校庭《こうてい》に赤《あか》ちゃんの姿《すがた》はない。

あたりまえだ。学校《がっこう》の中《なか》に赤《あか》ちゃんがいるはずがない。きっと、塀《へい》の外《そと》から聞《き》こえてくるんだろう……と、男《おとこ》の子《こ》は考《かんが》えた。

ジャングルジムは校庭《こうてい》のはしっこ、学校《がっこう》と道路《どうろ》をへだてるブロック塀《べい》のすぐそばにある。

きっと、赤《あか》ちゃん連《づ》れのお母《かあ》さんが、散歩《さんぽ》でもしているんだ。

そう考《かんが》えた。

しかし、その赤《あか》ちゃんの泣《な》き声《ごえ》は昼休《ひるやす》みのあいだ中《じゅう》、やむことなく、消《き》えることなく、ずっと聞《き》こえつづける。

さすがに「おかしい」と感《かん》じたその子《こ》は、昼休《ひるやす》みが終《お》わるまぎわ、塀《へい》によじ登《のぼ》って、外《そと》を見《み》てみた。

でも。

塀《へい》の向《む》こう側《がわ》の道路《どうろ》には、人《ひと》っ子《こ》ひとり、猫《ねこ》の子《こ》一匹《ぴき》、見《み》あたらなかったという。

赤《あか》ちゃんのかぼそい泣《な》き声《ごえ》は、聞《き》こえつづけているというのに……。

「赤《あか》ちゃんの姿《すがた》はどこにもないのに、泣《な》き声《ごえ》だけが聞《き》こえる……って話《はなし》ですよね」

「そう。それ以後《いご》、ジャングルジムのあたりで、赤《あか》ちゃんの泣《な》き声《ごえ》を聞《き》いたという情報《じょうほう》がチラホラ入《はい》ってきてるのよ。かすかな泣《な》き声《ごえ》が聞《き》こえたり聞《き》こえなかったりで、みんな不気味《ぶきみ》に感《かん》じてるみたい」

「……そうですか」

「これ、こわいもの係《がかり》の仕事《しごと》だよねっ」

そう……ですよね。

わたしはあいまいにうなずいた。

そうだよね。それはこわいもの係《がかり》の仕事《しごと》だ。

きっと、そうです。でも……。でも……。

わたしは友花先輩《ともかせんぱい》に気取《けど》られないように、ちいさくため息《いき》をはき出《だ》した。

でも、今《いま》は気持《きも》ちが強《つよ》く持《も》てない。

深《ふか》く沈《しず》みこんだこの気持《きも》ちを、どうしていいのか、わからない。

鏡子《きょうこ》さんがいなくなってから、こわいもの係《がかり》の仕事《しごと》に対《たい》しての、わけもなく不安《ふあん》な気持《きも》ちをぬぐい去《さ》ることができない。

「──こわいもの係《がかり》の出番《でばん》だよね、春《はる》」

無言《むごん》のままうつむくわたしに、友花先輩《ともかせんぱい》がすこし強《つよ》い口調《くちょう》で念《ねん》を押《お》す。

「そう……です……よね」

自分《じぶん》でもあきれかえるほどに、気《き》のない言葉《ことば》が口《くち》をついて出《で》る。

「よおっし。じゃあ、さっそく仕事仕事《しごとしごと》っ！　がんばんなきゃ」

先輩《せんぱい》があかるい声《こえ》で、ハッパをかけてくる。

がんばる？

なにを、どう、がんばれって言《い》うんだろう……。

鏡子《きょうこ》さんのいない霊組《れいくみ》が。

鏡子《きょうこ》さんをなくしてしまったわたしたちが。

なにもできないよ。なにもできるはずがない……。

なんだか、もう……。


「……でも……わたしは……」

ちいさなため息《いき》とともに、無気力《むきりょく》な言葉《ことば》をこぼした、そのときだった。

「春《はる》っ！」


友花先輩《ともかせんぱい》の怒気《どき》をはらんだ声《こえ》が、生徒会室内《せいとかいしつない》に響《ひび》いた。

おもわずピンと背《せ》すじがのびる。


「は、は、はいっ」


先輩《せんぱい》の顔《かお》を見《み》て、ウッ……と、息《いき》をのみこむ。

友花先輩《ともかせんぱい》はキッと目《め》をつりあげ、見《み》たことのない、こわい顔《かお》でわたしをにらんでいた。

ちいさな身体全体《からだぜんたい》から発《はっ》している、圧倒的《あっとうてき》な迫力《はくりょく》におもわず気圧《けお》される。

先輩《せんぱい》はおし黙《だま》ったままのわたしをにらみつけながら、ガタンとおおきな音《おと》をたてて生徒会長席《せいとかいちょうせき》から立《た》ちあがり、大股《おおまた》でつかつかと歩《あゆ》み寄《よ》ってきた。

「春《はる》の気持《きも》ちはわかるよ。わたしだって、鏡子《きょうこ》さんがいなくなったって聞《き》いて、どれだけショックを受《う》けたことか」

イスにかけたままのわたしを見《み》おろしながら、キビシイ口調《くちょう》で言《い》いはなつ。

握《にぎ》りしめた先輩《せんぱい》の両《りょう》こぶしがわなわなと震《ふる》えている。

「でも、くよくよしている場合《ばあい》じゃないの。事件《じけん》はおきてるんだよっ！　コレ、こわいもの係《がかり》の仕事《しごと》でしょ！　**やるのっ？　やらないのっ？**」

わたしはのどの奥《おく》がつまったようになって、なにも言《い》い返《かえ》せない。だまって先輩《せんぱい》の目《め》を見《み》つめ返《かえ》すだけだ。

先輩《せんぱい》はいらだったように、下唇《したくちびる》をかんだ。

「——ああっ、もう、いいよ。わたし、あんたのうじうじにつきあうのも、いいかげん、うんざりした」

先輩《せんぱい》が吐《は》き捨《す》てるように、言葉《ことば》を投《な》げつけてくる。

「鏡子《きょうこ》さんがいなくなったからって、なにもできなくなるようなら……、なにもする気《き》がないなら、もう……、**もう春《はる》は霊組《れいくみ》に行《い》くなっ！　こわいもの係《がかり》なんかやめろっ！**」

怒《いか》りに満《み》ちた視線《しせん》が、わたしにつきささる。

こわいもの係《がかり》を、やめる……。

やめる……？

友花先輩《ともかせんぱい》はたかぶった気持《きも》ちを落《お》ちつかせるように、ちいさく深呼吸《しんこきゅう》をして息《いき》をととのえると、これまでとはうってかわり、ドスのきいた低《ひく》い声《こえ》を出《だ》した。

「春《はる》。あんたが持《も》ってる護符《ごふ》、全部出《ぜんぶだ》して。わたしがもらってあげる」

え……？

「わたしは五年霊組《ねんれいくみ》には出入《でい》りすることはできないけど、役立《やくた》たずのあんたのかわりに、**わたしが『こわいもの係《がかり》』に復帰《ふっき》する**」

静《しず》かな口調《くちょう》でそう言《い》いきると、友花先輩《ともかせんぱい》はわたしのむねの名札《なふだ》に、スッと右手《みぎて》をのばしてきた。

……だ、だめっ！

「い、いやですっ」

とっさに右手《みぎて》でその手《て》を払《はら》いのける。

二人《ふたり》の手《て》と手《て》がぶつかって、生徒会室《せいとかいしつ》にパシッと高《たか》い音《おと》が響《ひび》く。

「つっ……」

友花先輩《ともかせんぱい》が短《みじか》くうめき、顔《かお》をしかめる。うたれた手《て》をさすりながら、わたしの顔《かお》をキッとにらみつけてくる。

するどい眼光《がんこう》に、一瞬《いっしゅん》、萎縮《いしゅく》しかけるわたし。

けれど、すぐに負《ま》けじとにらみ返《かえ》した。

ここでひるんじゃダメだ。ひいちゃダメだっ。

負《ま》けちゃ……、逃《に》げちゃダメだっ！

いきおいをつけてイスから立《た》ちあがる。

「……わ、わたしは……」

必死《ひっし》に声《こえ》をしぼり出《だ》す。「……たしかにわたしは、友花先輩《ともかせんぱい》ほど経験《けいけん》も積《つ》んでないし、たよりないし、みんなの助《たす》けがなければなにもできない『こわいもの係《がかり》』だけど……」

この半年間《はんとしかん》の思《おも》い出《で》が、わたしの頭《あたま》の中《なか》をかけめぐる。

「でも、わたしは疫病神《やくびょうがみ》をやっつけたし、ゆりちゃんやすみれちゃんを笑顔《えがお》にできたし、十三階《かい》段《だん》だって……、吹奏楽部《すいそうがくぶ》の愛《あい》さんを、助《たす》けることができた……」

涙《なみだ》が出《で》そうになるのをグッとこらえる。

「それで、だから……、だから、わたしはこわいもの係《がかり》になれて良《よ》かったって思《おも》ってるんです。それで、こわいもの係《がかり》をがんばる……って決《き》めてるんです。だから、でも、だから……」

言葉《ことば》がうまくつながらない。

でも言《い》いたいことはひとつだ。

わたしは深《ふか》く息《いき》を吸《す》って、目《め》をギュッとつぶると、おおきな声《こえ》で言《い》いはなった。

「今《いま》の『こわいもの係《がかり》』は、友花先輩《ともかせんぱい》じゃないっ！　先輩《せんぱい》じゃなくて、わたしが……、**わたしが『こわいもの係《がかり》』なんだからっ！**」

生徒会室《せいとかいしつ》がシンと静《しず》まりかえり、二人《ふたり》のにらみ合《あ》いがつづいた。

いったい、どれくらいの間《あいだ》、そうしていただろう。

それは無限《むげん》の時間《じかん》であったようにも、そして、ほんの瞬《まばた》きするほどの時間《じかん》であったようにも感《かん》じられた。

そして……。

「――ふふっ。だよねぇ～」

ふいに、友花先輩《ともかせんぱい》がけわしい表情《ひょうじょう》をゆるめて、ふわっと、いつもの人《ひと》なつっこい笑《え》みをうかべた。「さっすが、春《はる》。ばっちりわかってんじゃん」

白《しろ》い歯《は》を見《み》せてニカッと笑《わら》うと、親指《おやゆび》をきゅっと立《た》てる。

「……先《せん》……輩《ぱい》」

「そうだよ、春《はる》。五年霊組《ねんれいくみ》に鏡子《きょうこ》さんがいてもいなくても、あんたが『こわいもの係《がかり》』なんだよ。きついのはわかる。悲《かな》しいのも、不安《ふあん》なのもわかる。責任《せきにん》を感《かん》じているのもわかってる。でもね、だからこそだよ。今《いま》、がんばるのはわたしじゃない。春《はる》、『こわいもの係《がかり》』のあんたががんばらなくって、だれががんばるっていうのよ。ねっ！」

そう。

今《いま》、がんばるのは……。

今《いま》、がんばらなきゃいけないのは……。

今《いま》、がんばれるのは……。

わたしだ。高田春《たかだはる》だ。

むねの奥《おく》がジンと熱《あつ》くなる。

心《こころ》の中《なか》にたまっていた黒《くろ》いモノが、せきを切《き》ったようにドッと流《なが》れ出《だ》していく感《かん》じに、身体《からだ》がぶるっと震《ふる》える。

そうだ。わたしは五年霊組《ねんれいくみ》『こわいもの係《がかり》』なんだ。

鏡子《きょうこ》さんはいなくなってしまった。

でも、まだ、花《はな》ちゃんがいる。ドクパンがいる。わんころべぇがいる。

そして、なにより、こんなにたよりになる先代《せんだい》こわいもの係《がかり》がそばにいてくれる。

こんなわたしの背中《せなか》を、精《せい》いっぱい押《お》してくれる。

目《め》の前《まえ》が涙《なみだ》でじわっとにじんで、先輩《せんぱい》の笑顔《えがお》がゆがむ。

「わ、わたし……、先輩《せんぱい》の手《て》を……」

「はは、気《き》にしない気《き》にしない。あんたのへなちょこチョップなんて、ぜーんぜんきかないよ」

友花先輩《ともかせんぱい》は明《あか》るく笑《わら》うと、背《せ》のびをして、わたしの頭《あたま》をかるくなでた。

「**プルリン・トモリン・プリティーパイ**……っと。はいこれでオーケー。元気出《げんきで》たでしょ？」

頭《あたま》をなでられて、すこし照《て》れくさい。

そして、まじめな顔《かお》でヘンテコな呪文《じゅもん》を唱《とな》える先輩《せんぱい》の姿《すがた》がすこしだけおかしくて、目《め》に涙《なみだ》をうかべつつ、わたしはかるくふきだしてしまった。

「わぁ、笑《わら》った笑《わら》った。うひゃぁ、やっぱこの呪文《じゅもん》、効果《こうか》てきめんだ」

友花先輩《ともかせんぱい》がオーバーアクションで驚《おどろ》いてみせる。

「でも、先輩《せんぱい》。それって、『護符《ごふ》』を使《つか》うときの呪文《じゅもん》じゃなかったんですか？　わたし、引《ひ》きつぎのときに、そう教《おし》えてもらったような……」

両目《りょうめ》にたまった涙《なみだ》を手《て》の甲《こう》でぬぐいながら、意地悪《いじわる》くツッコむ。

「ふふ。どうだったかなぁ。でも、このわたしが小学《しょうがく》四年生《ねんせい》のときに三日《みっか》くらいかけて、考《かんが》えに考《かんが》えた、ありがたーい呪文《じゅもん》なんだよ。だから、護符《ごふ》がなくてもだいじょうぶ」

「はぁ……」

「なに？　その、『どーでもいい』みたいな返事《へんじ》は？」

先輩《せんぱい》は口《くち》をとがらせて、それから、やさしくほほえんだ。

そのあたたかな笑顔《えがお》。

わたしは不思議《ふしぎ》に、身体《からだ》の芯《しん》から元気《げんき》がわいてくるのを感《かん》じていた。

「役立《やくた》たずなんて言《い》って、ごめんね」

友花先輩《ともかせんぱい》が頭《あたま》をさげる。

「い、いえ、そんな……。わたしこそ、いつまでもグズグズメソメソして、……すみませんでした」

「元気《げんき》出《で》た？」

「はいっ」

わたしはそう言《い》い切《き》ると、顔《かお》をあげた。

「もうだいじょうぶです。頭《あたま》、よしよししてもらって元気《げんき》出《で》ました。ありがとうございましたっ」

「うんうん。元気《げんき》出《で》るよねぇ、これ。わたしもねぇ、生徒会長《せいとかいちょう》の仕事《しごと》がうまくいかなくて落《お》ちこんでるときとかさ……」

友花先輩《ともかせんぱい》が遠《とお》くを見《み》つめて、うっとりとした顔《かお》になる。「陽介《ようすけ》からコレしてもらうとね、元気《げんき》出《で》るんだよぉ。うふふ。だいたい陽介《ようすけ》ってさぁ、なんだかんだでやさしくって……」

うわ……。

さっきまでのピリッとしたふんいきから一転《いってん》、この人《ひと》、いきなりノロケはじめたよ。

な、なんか、つきあってたら長《なが》くなりそうだから……。

わたしはジリジリとあとずさりして、友花先輩《ともかせんぱい》から距離《きょり》を取《と》ると、

「あのっ、先輩《せんぱい》、わたし……、あの、赤《あか》ちゃんの泣《な》き声《ごえ》の調査《ちょうさ》に行《い》きますんで、これで失礼《しつれい》しま

す。ありがとうございましたぁ」と、言《い》いのこして、生徒会室《せいとかいしつ》を飛《と》びだした。

生徒会室《せいとかいしつ》に一人《ひとり》のこった友花先輩《ともかせんぱい》は、わたしが開《あ》けはなしていった戸《と》から顔《かお》だけ出《だ》して、足《あし》どりかるく廊下《ろうか》を駆《か》けていくわたしの後《うし》ろ姿《すがた》を見送《みおく》る。

「ふふ。わたしもこわいもの係《がかり》だったときには、ときどきうじうじぐだぐだやって、鏡子《きょうこ》さんからきびしいこと言《い》われたり、背中《せなか》を押《お》してもらったりしたっけな。なつかし……」

かすかに笑《え》みを浮《う》かべ、つぶやく。

それからかるくフッと息《いき》をはき出《だ》すと、スルスルとしずかに戸《と》を閉《と》じ、生徒会室《せいとかいしつ》の中《なか》へと姿《すがた》を消《け》した。

静寂《せいじゃく》が廊下《ろうか》をみたす。

ほどなくして。

「……鏡子《きょうこ》さん……」

ちいさなつぶやきとともに、おしころしたすすり泣《な》きの声《こえ》が、生徒会室《せいとかいしつ》からかすかにもれ聞《き》こえてきたのでした。

7 なぞのイケメン〝三千万《さんぜんまん》〟さん

そうだ。

そうだそうだ、そうだっ！

そうだよね。友花《ともか》先輩《せんぱい》の言《い》うとおりだ。

わたしは南校舎《みなみこうしゃ》の階段《かいだん》を駆《か》けおりながら、心《こころ》の中《なか》でさけびつづける。

友花《ともか》先輩《せんぱい》、ごめんなさい。

花《はな》ちゃん、ドクパン、わんころべぇ、ごめんなさい。

そして、そして、鏡子《きょうこ》さんっ……。

そう、わたしは『こわいもの係《がかり》』なんだ。鏡子《きょうこ》さんがいてもいなくても。

そして、鏡子《きょうこ》さんがいないからこそ、わたしがやらなくっちゃいけないんだ。

なんでこんな、簡単《かんたん》なことに気《き》づかないかな、わたしは。

ほんと、ばかだ。

鏡子《きょうこ》さん、ごめんなさい。

鏡子《きょうこ》さんがいなくなったのは、花《はな》ちゃんのせいではなく、もちろんドクパンのせいでもない。

わたしのせい、わたしの責任《せきにん》だ。

それでいい。

二人《ふたり》は「ちがう」って言《い》ってくれるけど、でもそれでいい。

だからこそ、わたしは鏡子《きょうこ》さんのかわりにがんばるんだ。いつまでもうじうじしてちゃ、いけないんだ。

わたしが『こわいもの係《がかり》』なんだからっ！

ついさっきまでの、ズドンと落《お》ち込《こ》んだ精神状態《せいしんじょうたい》が、いっきに反転《はんてん》、いきなりのハイテンションにむしゃ震《ぶる》いが止《と》まらない。

……ひょっとして、あの呪文《じゅもん》、ホントに効《き》いてるのかな？

「よっ、とぉ」

南校舎《みなみこうしゃ》一階《かい》の廊下《ろうか》におりたつと、ちょっと立《た》ち止《ど》まって考《かんが》える。

さっそくジャングルジムへ行《い》くか、それとも霊組《れいくみ》に顔《かお》を出《だ》すか。

すこし迷《まよ》ってから……、北校舎《きたこうしゃ》にむかって、ふたたび走《はし》りだす。

わたしは『こわいもの係《がかり》』だ。

だけど、わたし一人《ひとり》でなにもかもやる必要《ひつよう》はない。

これまでそうしてきたように、これからも花《はな》ちゃんたち霊組《れいくみ》の仲間《なかま》の力《ちから》を借《か》りて……、いや、力《ちから》を合《あ》わせてやっていくんだ。

だから、ジャングルジムの赤《あか》ちゃん幽霊《ゆうれい》のことも、一人《ひとり》で先走《さきばし》らずに、まずは花《はな》ちゃんやドクパンに相談《そうだん》する。

あの二人《ふたり》なら、ひょっとして、なにか不思議《ふしぎ》なモノを感《かん》じていたり、事件《じけん》を解決《かいけつ》する手《て》がかりを教《おし》えてくれるかもしれないからね。

それに……。

友花先輩《ともかせんぱい》から聞《き》いた『霊組《れいくみ》の担任《たんにん》の先生《せんせい》』のことも、気《き》になるし。

北校舎《きたこうしゃ》の階段《かいだん》をいっきに駆《か》けあがり、五年《ねん》一組前《くみまえ》の廊下《ろうか》を走《はし》る走《はし》る。

廊下《ろうか》のつきあたりの壁《かべ》をピュンとすり抜《ぬ》け、霊組《れいくみ》の教室《きょうしつ》の前《まえ》で、いったん停止《ていし》っ！

すこしあがった息《いき》を、すーはーすーはー、深呼吸《しんこきゅう》でととのえる。

最後《さいご》にふうっとおおきく息《いき》をはき出《だ》して、せーの……で、**ニカ――ッ**と、笑《え》みを浮《う》かべた。

もう二度《にど》と、霊組《れいくみ》で暗《くら》い顔《かお》はしない。
ここではいつも笑《わら》っていよう。
そうすればきっと……、きっと、いいことがある。
笑《わら》う門《かど》には福来《ふくき》たる。
フランスの劇作家《げきさっか》、シャンフォールもこう言《い》ってる。
「ムダに過《す》ごす一日《にち》とは、笑《わら》わなかった一日《にち》である」ってね。
わたしは教室《きょうしつ》の戸《と》の引《ひ》き手《て》に指《ゆび》をかけると「ふんぬっ」と、力《ちから》まかせに開《あ》けはなった。

ガタギシ、ガタタタッ

「花《はな》ちゃん、ドクパン、こんちはっ！　春《はる》さん、ただいま参上《さんじょう》いたしましたよぉ」
……って……。
あれ？
思《おも》わぬモノを視界《しかい》にとらえて、わたしは目《め》をパチクリさせた。
教室《きょうしつ》の中《なか》に、見知《みし》らぬ男《おとこ》の人《ひと》が、一人《ひとり》いた。
窓際《まどぎわ》においたイスに腰《こし》かけて、物憂《ものう》げに窓《まど》の外《そと》をながめている。
知的《ちてき》さを感《かん》じさせる、シブい横顔《よこがお》。

透《す》きとおるような白《しろ》い肌《はだ》に、茶色《ちゃいろ》の髪《かみ》、高《たか》い鼻《はな》、おおきな目《め》が印象的《いんしょうてき》だ。

あきらかに外国人《がいこくじん》、だよね。

年《とし》のころは、わたしのお父《とう》さんくらい……かな？

四十歳《さい》くらいのおじさんだ。

わたしのでかい声《こえ》を耳《みみ》にして、おじさんは一瞬《いっしゅん》、チラリとこちらに視線《しせん》を投《な》げかけてきたけれど、またすぐに窓《まど》の外《そと》に顔《かお》をむけて、静《しず》かに目《め》を閉《と》じた。

「はるるん……」

花《はな》ちゃんとドクパンが駆《か》けよってくる。

「花《はな》ちゃんっ！」

わたしは花《はな》ちゃんを高々《たかだか》と抱《だ》きあげた。

「あ、はるるん、笑《わら》ってる」

花《はな》ちゃんが目《め》を丸《まる》くする。

「うん、そうだよ。わたしね、笑《わら》うことにしたの。もうここではぜったい弱音《よわね》を吐《は》かないって決《き》めたんだ。ニコニコ笑《わら》っていろんな事件《じけん》を解決《かいけつ》して、ニコニコ笑《わら》って鏡子《きょうこ》さんのことを待《ま》つんだ。そう決《き》めたのっ」

わたしのトートツな決意表明《けついひょうめい》に、二人《ふたり》はしばらくキョトンとした表情《ひょうじょう》で、顔《かお》を見《み》あわせていたけれど、すぐにニコッと笑《え》みを浮《う》かべた。

ちょっとだけぎこちない……、でも、とてもあったかい笑顔《えがお》が三つだ。

「そうそう。やっぱ霊組《れいくみ》はこうでなくっちゃ、ね」

「うん、アタイも笑《わら》うよ。ずっと笑《わら》ってる。鏡子《きょうこ》さんが帰《かえ》ってくるまで、ずっとずっと」

「花《はな》ちゃんもわらう。花《はな》ちゃんもいっぱいわらって、そして、そして……」

言葉《ことば》を詰《つ》まらせた花《はな》ちゃんが、わたしの首《くび》にギュッと両《りょう》うでをまきつけ、耳《みみ》もとでちいさくささやく。

「ありがと、はるるん……」

「ん。わたしこそありがとう。花《はな》ちゃんも、ドクパンも」

ありがとう……、みんな。

さてと。「ねぇねぇ、ところでさ。あの男《おとこ》の人《ひと》、だれ？」

声《こえ》をおとして、なぞの男《おとこ》をそっと指《ゆび》さす。

「わかんない」

花《はな》ちゃんがあっさり首《くび》を振《ふ》る。

「アタイたちが気《き》づいたときには、もう霊組《れいくみ》にいたのよねぇ」

ふーん。いつの間《ま》にか、ここにいたってことか。

あの男《おとこ》の人《ひと》が何者《なにもの》で、どこから来《き》たのか……も、気《き》にはなるんだけど、それよりなにより一番《いちばん》のつっこみどころは、彼《かれ》が身《み》につけている衣装《いしょう》だ。

う――――ん。なんと言《い》えばいいのか……。

ま、簡潔《かんけつ》に言《い》えば、珍妙《ちんみょう》。

『珍妙《ちんみょう》ないでたち』と言《い》えば、ドクパンの独擅場《どくせんじょう》だけど、それとはまたちがう意味《いみ》での珍妙《ちんみょう》さ。

つまり現代《げんだい》の日本《にほん》、いやいや今《いま》の世《よ》の中《なか》、世界中探《せかいじゅうさが》しても、こんなかっこうしている人《ひと》はたぶんいないだろうと思《おも》われる衣服《いふく》を着《き》ているのだ。

昔《むかし》のヨーロッパの貴族《きぞく》を思《おも》わせる衣装《いしょう》。

そう、あの高級感《こうきゅうかん》あふれるゴテゴテッとした、重《おも》たそーな服《ふく》。

髪型《かみがた》もまた、すごい。

洋服《ようふく》に合《あ》わせているのか、クルクルとカールした茶髪《ちゃぱつ》は、音楽室《おんがくしつ》の壁《かべ》に飾《かざ》られている肖像画《しょうぞうが》の、モーツァルトさんのようなヘアスタイルなのだ。

うーん。いろんな意味《いみ》で、**あ・や・し・い。**

歴史《れきし》の本《ほん》なんかで見《み》ると、なんの違和感《いわかん》もないんだろうけど、ロケットが宇宙《うちゅう》に飛《と》び出《だ》すこの時代《じだい》に、あのかっこうはちょっとねぇ。

わたしたち三人《にん》が遠巻《とおま》きにジロジロヒソヒソ観察《かんさつ》するも、おじさんはまったく意《い》に介《かい》する様子《ようす》もない。

長《なが》い足《あし》を組《く》み、窓《まど》わくにヒジをついて、ほおづえのままじっと目《め》を閉《と》じている。

すこーし、変《か》わった人《ひと》……なのかな？

あっ、そうだそうだ、かんじんなことを忘《わす》れてた。

ここは五年霊組《ねんれいくみ》、つまり幽霊《ゆうれい》や妖怪《ようかい》たち、摩訶《まか》不思議《ふしぎ》な世界《せかい》の住人《じゅうにん》しか出入《でい》りできない場所《ばしょ》だっけ。

……ってことは、あの人《ひと》は人間《にんげん》じゃなくって、あっち側の人《ひと》ってことだ。

外国人《がいこくじん》の幽霊《ゆうれい》？　それとも人形《ひとがた》をした妖怪《ようかい》？

いったいなんの目的《もくてき》があって、ここに来《き》たんだろ？

うーむ。

わたしはチラリと、うでに抱《かか》えている花《はな》ちゃんに目《め》をやった。

でも、花《はな》ちゃんの身体《からだ》に異変《いへん》がないってことは、つまり、あさひ小《しょう》に害《がい》をなすような悪意《あくい》は持《も》っていないってことだね。

そう考《かんが》えて、すこしだけ安心《あんしん》。

とりあえず、このままスルーするのも落《お》ちつかないから、ちょっとアプローチしてみることとしますか。

「アタイもね、あの人《ひと》、なんだかシブくてかっこよくて、ちょっとステキだったから、さっき、声《こえ》をかけてみたのよぉ」

……おいおい。

アイドルグループ『山風《さんぷう》』の梅《うめ》Pはどうなったのよ。

「でもねぇ、なんだかよくわからない言葉《ことば》を、ペラペラしゃべるのよねぇ」

え？

……ふ、ふーん。日本語《にほんご》、通《つう》じないんだ。

でもそれはそうかも。だって見《み》た目《め》からして、はっきりくっきり外国人《がいこくじん》だもんね。

「名前《なまえ》だけは、なんとかわかったんだけどねぇ」

「名前《なまえ》？　なんて言《い》うの？」

「あの人《ひと》ねぇ、自分《じぶん》を指《ゆび》さして『さんぜんまんまん』って、言《い》ったのよぉ」

……？

さんぜんまんまん？　三千万《さんぜんまん》？

３０，０００，０００？　……えーっと、丸《まる》が七つか。

かなり変《か》わった名前《なまえ》だね。

ま、とにかく、あたってくだけろだ。世界《せかい》はひとつ、なんだかんだで通《つう》じるよ、きっと。うん。

花《はな》ちゃんをドクパンにあずけて、なぞの男《おとこ》にそろそろと歩《あゆ》みよる。

近《ちか》づいてくるわたしに気《き》づくと、おじさんは組《く》んでいた足《あし》をおろし、こちらに向《む》きなおった。

え、えーっと……。

「は、はろー。えー、あいあむ、はるです。はる、たかだ。オーケー？」

うー。小学《しょうがく》五年生《ねんせい》レベルの英語力《えいごりょく》まる出《だ》しで、すみません……。

三千万《さんぜんまん》さんはわたしの英語《えいご》（？）を聞《き》き取《と》ったようで、ニッコリと笑《え》みをうかべた。そして、「ペラペラペラペラ……」と、何語《なにご》かまったくわからない言葉《ことば》（た、たぶん英語《えいご》……だと思《おも》う）で、まくしたてはじめた。

た、たしかに、ところどころ『三千万《さんぜんまん》』とか言《い》っているように聞《き》こえるけど……、なにをしゃべっているのかは、まったく理解不能《りかいふのう》だ。

「お、オーケー、オーケー。えーっと、サンキューベリーマッチ。し、しーゆー」

わたしはジリジリとあとずさりしながら、なんとかそれだけしぼり出《だ》すと、ドクパンたちのところへもどって、額《ひたい》のあせをぬぐった。

「ふひぃ、まいったまいった。さっぱりわかんないや。でも、たしかに三千万《さんぜんまん》って言《い》ってたね。よし、しょうがないから、おじさんの名前《なまえ》はミスター三千万《さんぜんまん》さん。決定《けってい》！」

「おじさん、霊組《れいくみ》に、なにをしにきたのかなぁ？」

花《はな》ちゃんが首《くび》をかしげる。

「それはわかんないけど、ああやって、おとなしくしてるんなら別《べつ》にいいんじゃない。なにか事情《じじょう》があるんだろうし。悪《わる》い人《ひと》にも見《み》えないから、そっとしておいてあげようよ。ねっ」

「花《はな》ちゃん、さんせー」

「アタイもさんせーい。あの人《ひと》かっこいいから、ずーっと、ここにいてもらってもいいよぉ」

うーむ。ちっとばかし不純《ふじゅん》な動機《どうき》だね。

……って。あ、そうそう、そうだそうだ。大事《だいじ》なことを思《おも》い出《だ》した。

三千万《さんぜんまん》さんに気《き》を取《と》られて、すっかり本題《ほんだい》を忘《わす》れていたよ。

「花《はな》ちゃん。霊組《れいくみ》に担任《たんにん》の先生《せんせい》がいるって、本当《ほんとう》？」

「うん。センセー、あそこにいるよ」

花《はな》ちゃんが教室《きょうしつ》の後《うし》ろを指《ゆび》さす。

その先《さき》にあるのは、掃除用具《そうじようぐ》入《い》れロッカーだった。

友花先輩《ともかせんぱい》が言《い》ってたとおりだけど……、なんでこんなところに？

まあ、わけがわからないのはいつものこと。

気《き》にしない、気《き》にしない。

わたしはゆっくり掃除用具《そうじようぐ》入《い》れロッカーに歩《あゆ》み寄《よ》ると、力《ちから》をこめて、ぐいっと扉《とびら》を開《あ》けはなってみた。

8 鏡《かがみ》の国《くに》からの伝言《でんごん》

ガシャ

音《おと》を立《た》てて、扉《とびら》が開《ひら》く。

そして目《め》の前《まえ》の光景《こうけい》に「だあっ！」と、ドギモを抜《ぬ》かれる。

ホントにいたぁぁあっ！

なななな、なんだなんだなんだ？　こ、このおっさんはぁっ！

しかし、その『おっさん』は、わたし以上《いじょう》にあわてふためいていた。

「わあああ、びっくりしたあ。な、なんですか、あなたはっ！」

おっさんが……、いや失礼《しつれい》、『先生《せんせい》』がロッカーの中《なか》で、かん高《だか》い声《こえ》を出《だ》してうろたえる。

縦《たて》じまのスーツに赤《あか》いネクタイ。

黒《くろ》ぶちの三角《さんかく》メガネに、七三《しちさん》に分《わ》けた黒髪《くろかみ》。

そして、ちょびひげ。

「ドアを開《あ》けるときには、ノックするのがマナーでしょ！」

先生《せんせい》がわめく。

……んなこと言《い》われても。

掃除用具入《そうじようぐい》れロッカーの扉《とびら》をノックする人《ひと》なんて、世界中探《せかいじゅうさが》したって、どこにもいないと思《おも》うよ。ぜったい……。

わたしがポカンとしていると、先生《せんせい》は、

「用《よう》がないのなら開《あ》けないでくださいって、いつも言《い》っているでしょ。失礼《しつれい》しますよ」と、内側《うちがわ》から扉《とびら》を閉《し》めようとした。

ハッと我《われ》にかえったわたしは、とっさに右足《みぎあし》のつま先《さき》をロッカーの中《なか》にねじこませる。

ガツン
にぶい音《おと》がして、閉《と》じかけた扉《とびら》が半開《はんびら》きのままで止《と》まる。

「こ、こら、なにをするんですか、あなたっ。お行儀《ぎょうぎ》の悪《わる》い！」

す、すみません。このスラリとした右足《みぎあし》が勝手《かって》にやりましたことゆえ、おゆるしをっ。

ペシペシ……っと！

「あのっ、わたしは、こわいもの係《がかり》の高田春《たかだはる》です」

「え？　こわいもの係《がかり》は、豊川友花《とよかわともか》さんでは……」

先生《せんせい》が、手《て》にしている出席簿《しゅっせきぼ》の黒表紙《くろびょうし》をペラとめくる。

「――あ、そうか、友花《ともか》さんは去年《きょねん》か。今年《ことし》は高田《たかだ》春《はる》さんですね。よろしくお願《ねが》いします。それでは、ごきげんよう。失礼《しつれい》」

「ああ、ちょっと、ちょっと待《ま》ってて」

勝手《かって》に話《はなし》を切《き》りあげて、ふたたび扉《とびら》を閉《し》めようとする先生《せんせい》を制《せい》し、ロッカーの中《なか》に顔《かお》をぐいとつっこませる。

「きゃ――――っ。なんなんですか!?　なんなんですかっ！」

せまいロッカーの中《なか》で身体《からだ》をよじる先生《せんせい》。

なんなんですかっ……って言《い》われても、こっちも必死《ひっし》なんですよっ。

わたしは扉《とびら》の端《はし》をつかむと、「ふんっ」と力《ちから》をこめて全開《ぜんかい》した。

あ、ああ――――んっ……。

教室中《きょうしつじゅう》に響《ひび》きわたる先生《せんせい》の切《せつ》ない悲鳴《ひめい》に、耳《みみ》がキンとなる。

「先生《せんせい》……、先生《せんせい》っ、先生《せんせい》ってばっ！　こらっ！　ちょっと、おたおたしてないで、わたしの話《はなし》を聞《き》いてください。ねっ、おい、こらっ！　きょ、鏡子《きょうこ》さんがいなくなっちゃったんですよ。なにか知《し》りませんかっ？」

「……え、なになに？　鏡子《きょうこ》さんが、ですか……」

冷静《れいせい》さを取《と》りもどした先生《せんせい》が「そうだったっけ……」とつぶやきながら、また出席簿《しゅっせきぼ》をめくる。

「――あ、本当《ほんとう》ですねぇ。二学期《がっき》はずっと欠席《けっせき》になってる」

おいおい。

クラスの生徒《せいと》の出欠状況《しゅっけつじょうきょう》を把握《はあく》していないなんて、たよりない担任《たんにん》だねっ。

「夏休《なつやす》み中《ちゅう》に家庭科室《かていかしつ》の大鏡《おおかがみ》が割《わ》れちゃったんです。そうしたら鏡子《きょうこ》さんがいなくなって、なんの連絡《れんらく》もなくて……。どうなってるんでしょうか？」

「いやぁ、そう言《い》われましても……。だいたい鏡《かがみ》の国《くに》のことは、いろいろベールにつつまれていて、よくわからないんですよねぇ」

先生《せんせい》がちょびひげを落《お》ちつきなくいじりながら、もうしわけなさそうに答《こた》える。
……鏡《かがみ》の国《くに》？

「そ、そこに鏡子《きょうこ》さんはいるんですか？」

「いや、だからよくわからないんですって。わたしは、しがないただの一教師《いちきょうし》でありまして……。ん？　あれ？　ちょ、ちょっとお待《ま》ちを。お手紙《てがみ》が来《き》てますねぇ」

言《い》われるとおり、一枚《まい》の紙《かみ》が出席簿《しゅっせきぼ》にはさまっている。
先生《せんせい》が二《ふた》つ折《お》りになったその紙《かみ》を出席簿《しゅっせきぼ》から抜《ぬ》き取《と》り、開《ひら》こうとした瞬間《しゅんかん》に、わたしは先生《せんせい》の手《て》からその手紙《てがみ》を奪《うば》いとった。

「あっ、ああん、もう、なにをするんですかっ。まったく最近《さいきん》のこわいもの係《がかり》の子《こ》たちは、手《て》くせ足《あし》くせが悪《わる》いんだから。何代《なんだい》か前《まえ》の柳田優香《やなぎだゆうか》さんなんか、とくにひどくて……。あの子《こ》は口《くち》まで悪《わる》かった……」

ブツブツ言《い》っている先生《せんせい》を無視《むし》して、わたしは紙《かみ》を広《ひろ》げると、書《か》かれてある文字《もじ》に視線《しせん》を走《はし》らせた。

あさひ小学校《しょうがっこう》　五年霊組担任《ねんれいくみたんにん》　殿《どの》

キョーコ・マルソーは事情《じじょう》により、
しばらくの間《あいだ》、休学《きゅうがく》させていただきます。
復学《ふくがく》の時期《じき》は未定《みてい》です。
鏡《かがみ》の国《くに》の女王《じょおう》

……キョーコ・マルソーって、だれ？

「鏡子《きょうこ》さんの本名《ほんみょう》ですよ。『鏡子《きょうこ》』は和名《わめい》ってやつです」

先生《せんせい》が横《よこ》から紙《かみ》をのぞきこんで、教《おし》えてくれる。

へ、へぇぇえっ。

鏡子《きょうこ》さんって、本当《ほんとう》の名前《なまえ》は「キョーコ・マルソー」って言《い》うんだぁぁあ！

……って、驚《おどろ》くポイントはそこじゃない！

「花《はな》ちゃん、ドクパンっ。これ……、コレ見《み》てっ！」

声《こえ》が震《ふる》える。

わたしの呼《よ》びかけに二人《ふたり》が駆《か》けより、手紙《てがみ》をのぞきこむ。

「なんて、かいてあるの？」

「鏡子《きょうこ》さんは休学《きゅうがく》するって」

「きゅーがく？」

「学校《がっこう》をお休《やす》みすることだよ」

「えっ、じゃあ、いつもどってくるのぉ？」

「それは、わからないって」

「「なんだぁ……」」

花《はな》ちゃんとドクパンがそろって、落胆《らくたん》の色《いろ》をうかべる。

ちがうちがうっ。ちがうよ、二人《ふたり》ともっ！

「なんだじゃないよっ、花《はな》ちゃん、ドクパン！　『休学《きゅうがく》』ってことは……、そして『復学《ふくがく》の時期《じき》は未定《みてい》』ってことは……」

うれしさのあまり、身体《からだ》の芯《しん》にビリビリッと電気《でんき》が走《はし》る。

「鏡子《きょうこ》さんは生《い》きてるってこと。死《し》んだり、消《き》えたりしたわけじゃないってことだよっ。ここにはいないけど、どこか遠《とお》い、別《べつ》の世界《せかい》に、ちゃんといるってことなんだよっ！」

「えっ、ほんと？　ホント？」「もう一回《いっかい》アタイにもみせてっ」

二人《ふたり》が手紙《てがみ》を手《て》に取《と》って、わあっと歓声《かんせい》をあげる。

「先生《せんせい》っ、この手紙《てがみ》どこから来《き》たんですか？　この鏡《かがみ》の国《くに》の女王《じょおう》ってだれなんですか？　どうやったら会《あ》えるんですか？」

「いや、だから、わたしにはなにもわからないんでして。ただ……」

「ただ？」

「鏡《かがみ》の国《くに》の女王《じょおう》さまという方《かた》は大変《たいへん》にきびしいというか、こわーいというか、そういうウワサは聞《き》いたことはありますけどね」

……あまり、役《やく》にたたない情報《じょうほう》ですね。

先生《せんせい》は「コホン」とちいさくせきばらいした。「ま、わたしも担任《たんにん》としての責任《せきにん》がありますから、いろいろと調《しら》べてみますよ」

「はいっ、お願《ねが》いします！」

心《こころ》の底《そこ》からわきあがる熱《あつ》いモノがおさえきれない。自然《しぜん》と声《こえ》がはずむ。

「じゃ、わたしはこれで。用《よう》がないときは開《あ》けないように……」と、先生《せんせい》は扉《とびら》を閉《と》じようとして、

「ん？」

窓際《まどぎわ》に座《すわ》っている男《おとこ》の人《ひと》に気《き》づいて、手《て》を止《と》めた。

「春《はる》さん、あの人《ひと》、だれですか？　生徒《せいと》にしてはかなり老《ふ》けているような……」

「わたしたちもよくわかんないんです。いつの間《ま》にか、あそこにいたみたいで」

「ふーん。どこかで見《み》たような顔《かお》ですね。どこで見《み》かけたかなぁ……」

先生《せんせい》が小首《こくび》をかしげながら、ひとりごとのようにつぶやく。

「名前《なまえ》は『三千万《さんぜんまん》』さんっていうみたいです」

「『サンゼンマン』……？　どこかで聞《き》いたような……」

「わけのわからない言葉《ことば》をペラペラしゃべるので、話《はな》が通《つう》じなくって……。あ、ちょうどいいや。先生《せんせい》、あの人《ひと》と話《はな》してみてくださいよ。先生《せんせい》っていうくらいだから、英語《えいご》とかフランス語《ご》とか、お茶《ちゃ》の子《こ》さいさいでしょ」

「え……？　あ、あ、いや、わたしは日本語専門《にほんごせんもん》でして、あの、その……、失礼《しつれい》します」

そう言《い》いのこし、逃《に》げるように扉《とびら》をカシャンと閉《と》じて、姿《すがた》を消《け》した。

もう、たよりないんだからっ。

でも。

でもでもっ！

とにかく鏡子《きょうこ》さんのこと、ほんの少《すこ》しだけ光《ひかり》が見《み》えたよね、うん。

両手《りょうて》のこぶしにおもわず力《ちから》が入《はい》る。

ようし。それならそれで、鏡子《きょうこ》さんがいない間《あいだ》、しっかりこわいもの係《がかり》のつとめを果《は》たして、霊組《れいくみ》を、そしてあさひ小《しょう》をしっかり守《まも》っていかなくっちゃ。

鏡子《きょうこ》さんが帰《かえ》ってきたときに、恥《は》ずかしくないようにねっ！

よっしゃあ！

「花《はな》ちゃん、ドクパン。事件《じけん》だよ、事件《じけん》っ。こわいもの係《がかり》の出番《でばん》だよっ」


鏡《かがみ》の女王《じょおう》の手紙《てがみ》を手《て》にして、はしゃいでいる二人《ふたり》に、わたしは友花先輩《ともかせんぱい》から聞《き》いた『**ジャングルジムの赤《あか》ちゃん泣《な》き声事件《ごえじけん》**』のことを、話《はな》して聞《き》かせた。

「ふーん。アタイよくわかんないけどなぁ。ジャングルジムなら、前《まえ》に友花《ともか》とお出《で》かけしたときに、のぼって遊《あそ》んだけど……」

「花《はな》ちゃんもわかんない。わるいヤツじゃないとおもうけど……」

そっか、二人《ふたり》はなにも感《かん》じてない……と。

なら、現地捜査《げんちそうさ》に踏《ふ》み切《き》りますか。

現場《げんば》百回《かい》。事件《じけん》は霊組《れいくみ》でおきてるんじゃない、校庭《こうてい》でおきてるんだぁぁ……ってね。

ああ、ひさしぶりにテンション高々《たかだか》だよぉ。

……とはいうものの。

現在《げんざい》、放課後《ほうかご》の午後《ごご》四時《じ》をちょっとすぎたところ。

まだ、外《そと》は明《あか》るいし、運動場《うんどうじょう》で遊《あそ》んでいる子《こ》もチラホラいるはず。そんな場所《ばしょ》に、花《はな》ちゃんやドクパンを連《つ》れて行《い》くわけにはいかないよね。

「しょうがない。とりあえず、わたし一人《ひとり》で調査《ちょうさ》に行《い》って……」

そう言《い》いかけて、わたしは肩《かた》をポンとたたかれ、振《ふ》りむいた。

目《め》の前《まえ》に、あのなぞのシブいおじさま──三千万《さんぜんまん》さんが立《た》っていた。わけのわからない言葉《ことば》を口《くち》にしながら、おおきな身《み》ぶり手《て》ぶりで、なにかを伝《つた》えようとしている。

んー？

どうやら「私《わたし》がいっしょに行《い》きましょう」と、言《い》っているようだ。

この人《ひと》……、わたしたちの会話《かいわ》を聞《き》いて、話《はなし》を理解《りかい》したってこと？

日本語《にほんご》がわかってるのかしら？

でもねえ。この人《ひと》連《つ》れて学校《がっこう》の中《なか》をうろつくってのも、いかがなものでしょうかね……。

わたしは三千万《さんぜんまん》さんの頭《あたま》のてっぺんからつま先《さき》まで、ジロジロとながめてみた。

……うーむ。

ま、いいか。ワンピース着《き》たガイコツよりはマシだよね。

悪《わる》い人《ひと》ではなさそうだし、摩訶不思議《まかふしぎ》なあっち側《がわ》の世界《せかい》の人《ひと》だとしたら、なにか力《ちから》になってくれるかも。

それに、霊組《れいくみ》にいるんだから、今《いま》は霊組《れいくみ》メンバーってことだよね……と、こじつけ。

わたしがにっこりほほえんで、右手《みぎて》でオーケーサインを作《つく》ると、三千万《さんぜんまん》さんはなんとも気品《きひん》のある、やさしげな笑顔《えがお》を返《かえ》してきた。

横《よこ》で、ドクパンが目《め》を♥マークにしたことは、言《い》うまでもありません。

しつこくて、もうしわけないけど……。

あんた、梅《うめ》Pはどうした？

9 春《はる》の学校《がっこう》案内《あんない》

わたしは『**必殺《ひっさつ》！　こわいもの係《がかり》　記録帳《きろくちょう》**』を手《て》にとって霊組《れいくみ》を出《で》ると、三千万《さんぜんまん》さんの目《め》の前《まえ》で、いつもの壁《かべ》をすり抜《ぬ》けてみせた。

三千万《さんぜんまん》さんもわたしのあとにつづく。

とくべつ驚《おどろ》くような様子《ようす》もなし。

こういう不思議《ふしぎ》なことには慣《な》れっこ……って感《かん》じだ。

五年《ねん》一組《くみ》の教室《きょうしつ》の前《まえ》を通《とお》りすぎて、下《した》へ降《お》りる階段《かいだん》にむかおうとすると、三千万《さんぜんまん》さんがわたしの肩《かた》をトントンとたたいた。

なにか言《い》いながら、二階《かい》の廊下《ろうか》の先《さき》を指《ゆび》さす。

どうやら「あっちに行《い》きたい」と、言《い》っているようだ。

いやいや、わたしの目的地《もくてきち》は、校庭《こうてい》のジャングルジムなんですけど。

……まあ、すこし寄《よ》り道《みち》するくらい、いいか。

つきあってくれるお礼《れい》に、ちょっと校内《こうない》を案内《あんない》してあげるよ。

北校舎《きたこうしゃ》二階《かい》の廊下《ろうか》をまっすぐ進《すす》むと、やがて音楽室《おんがくしつ》につきあたる。

「ここ……。ここ、はい……る」

音楽室《おんがくしつ》の入《い》り口《ぐち》の前《まえ》で、三千万《さんぜんまん》さんがいきなり日本語《にほんご》をしゃべった。

「日本語《にほんご》、話《はな》せるの？」

「うん……、あなた、たちの……、きいた……、おぼ……おぼえ…た」

うへぇぇぇ、すっごーい。

たどたどしい、かた言《こと》の日本語《にほんご》だけど、わたしたちの会話《かいわ》を聞《き》いただけで。

やっぱ、この人《ひと》、フツーじゃなさそうだね。

三千万《さんぜんまん》さんは音楽室《おんがくしつ》に足《あし》を踏《ふ》みいれると、そのままなんのためらいもなく、偉大《いだい》なる音楽家《おんがくか》たちの肖像画《しょうぞうが》がならんでいる、教室《きょうしつ》の奥《おく》へと歩《ある》いていった。

そして、ベートーベンの肖像画《しょうぞうが》の前《まえ》で足《あし》を止《と》め、しばし、まじまじとながめていたかと思《おも》うと、
ポツリともらした。

「こ……れ、れいが……いる」

わ！　大正解《だいせいかい》。

そんなことまでわかるんだ。

わたしは肖像画《しょうぞうが》の前《まえ》に歩《あゆ》み出《で》て、ベートーベンのおでこに、きょーれつなデコピンを一発《ぱつ》、かました（良《よ》い子《こ》はマネしないようにね）。

パシン

紙《かみ》をはじく音《おと》が、音楽室《おんがくしつ》に響《ひび》く。

「うわっ、たたたたたた……。こっ、こら春《はる》。デコピンはするなと言《い》っておろう！　お前《まえ》たちのせいで、最近《さいきん》、おでこのあたりの色《いろ》が薄《うす》くなってきてるのであーるよ。まったく、麗子以来《れいこいらい》、失《しつ》礼無礼《れいぶれい》なヤツばかりであーるな、こわいもの係《がかり》というのはっ！」

絵《え》の中《なか》のベートーベン（偽《にせ》）が目《め》をシパシパさせながら、憤慨《ふんがい》する。

「──おお、春《はる》。そう言《い》えば鏡子姫《きょうこひめ》はどうなった？　もどってこられたであーるか？」

「いや、それが……、その……」

わたしが言葉《ことば》をにごすと、ベートーベン（偽《にせ》）はしょんぼり、眉尻《まゆじり》をさげた。

「そ、そうであーるか……。なんともはや……。ん？　その男《おとこ》の人《ひと》は、だれであーるか？」

ベートーベン（偽《にせ》）が、三千万《さんぜんまん》さんに気《き》づく。

「こちら、お名前《なまえ》は三千万《さんぜんまん》さんっていうのよ」

「三千万《さんぜんまん》？　見《み》たところ外国人《がいこくじん》のようだが、どこの国《くに》の人《ひと》であーるか？」

「それがちょっとわかんなくってさぁ……、あ、そうだ！　あんた、ベートーベンなら、外国語《がいこくご》ペラペラでしょ。ちょっと、三千万《さんぜんまん》さんと話《はな》してみてよ」

「は？　あぁ……、いや、その、我《わ》が輩《はい》はドイツ生《う》まれであーるからして、ドイツ語《ご》しかわからないのであーるから……、その……」

「ドイツ語《ご》でいいから、つべこべ言《い》わずに、ほら」

わたしが横《よこ》にスッと身《み》を引《ひ》くと、ベートーベン（偽《にせ》）と三千万《さんぜんまん》さんが向《む》きあう形《かたち》になった。

三千万《さんぜんまん》さんが流《りゅう》ちょうな外国語《がいこくご》で、ペラペラと肖像画《しょうぞうが》に話《はな》しかける。

ベートーベン（偽《にせ》）は目《め》を白黒《しろくろ》させつつ、しどろもどろで応対《おうたい》。

「お……、お……、おー、いぇー、サンキュー、いぇす、いぇす。ふ、ふらんくふると。ビール、生《なま》ビール。えーっとベルリン、いえす、あいどぅ」

……おいおい、どこがドイツ語《ご》だよ。小学五年生《しょうがくねんせい》のわたしでも、おかしいってわかるよ。

「おいっ！　おいっ、春《はる》！　ちょっと……、ちょっとこっちに来《こ》いっ！」

顔《かお》をまっ赤《か》にさせたベートーベン（偽《にせ》）が声《こえ》をはりあげる。

「なに？」

「あー、オホン。なんというのかなぁ。この男《おとこ》、どうも我《わ》が輩《はい》の本場仕込《ほんばじこ》みの、りゅーちょーなドイツ語《ご》が理解《りかい》できないようであーるからして、あー、大変気《たいへんき》の毒《どく》ではあるが、おひきとり願《ねが》おうであーる」

……うそばっか。


音楽室《おんがくしつ》をあとにしたわたしたちは、階段《かいだん》を降《お》りる。

十二段《だん》の階段《かいだん》を降《お》りきると、おりかえしの踊《おど》り場《ば》にたどりつく。

ここを通《とお》ると、今《いま》でもすこし、ドキドキと心臓《しんぞう》の鼓動《こどう》が速《はや》くなる。

そう。あの十三階段《かいだん》の呪《のろ》いと、やりあった場所《ばしょ》。

そして、――鏡子《きょうこ》さんがいなくなった場所《ばしょ》。

むねがギュッと締《し》めつけられるような痛《いた》みを感《かん》じながら、無言《むごん》のまま足《あし》ばやに階段《かいだん》の踊《おど》り場《ば》をぬける。


「ここ……、じゃ悪《あく》な……けはい、が、あった。今《いま》は……もうない」

三千万《さんぜんまん》さんが踊《おど》り場《ば》に足《あし》を止《と》め、すこし顔《かお》をしかめながらつぶやく。

また、すこしだけ日本語《にほんご》が上手《じょうず》になっている。

「へえ、そんなことまでわかるんですね」

わたしは階段《かいだん》の途中《とちゅう》で振《ふ》り返《かえ》って、踊《おど》り場《ば》の三千万《さんぜんまん》さんを見《み》あげた。

三千万《さんぜんまん》さんはこくりとうなずいてから、ニッコリ笑《え》みをうかべた。

「春《はる》さん。ちなみに……、さっきのベートーベン、にせもの。……私《わたし》が、この前《まえ》、オーストリアのウィーン……会《あ》った……ときの、ベートーベンとは……、ぜんぜん、ちがう」

「知《し》ってます。あの肖像画《しょうぞうが》にとりついている霊《れい》は、あきらかに日本人《にほんじん》だって、友花先輩《ともかせんぱい》も言《い》ってましたから」

……ん？

今《いま》、三千万《さんぜんまん》さん……ヘンなこと言《い》わなかった？

『私《わたし》がこの前《まえ》、オーストリアのウィーンで、会《あ》ったとき……』って。

でも、ベートーベンって、たしか二百年《ねん》くらい前《まえ》の人《ひと》のはず。

ふふ。なんだか微妙《びみょう》におもしろいこと言《い》う人《ひと》なんだね、三千万《さんぜんまん》さんは。

アメリカンジョークってヤツかな？

一階《かい》に降《お》りたつと、また三千万《さんぜんまん》さんがこっちこっちと手《て》ぶりして、勝手《かって》に先《さき》を歩《ある》いていく。

むかったのは、家庭科室《かていかしつ》だった。

三千万《さんぜんまん》さんは教室《きょうしつ》の中《なか》をクルリと見《み》まわすと、迷《まよ》うことなく大鏡《おおかがみ》がはめこんであった壁《かべ》へと、歩《ほ》を進《すす》めた。

もちろん、大鏡《おおかがみ》は割《わ》れてしまっているので、壁《かべ》にのこっているのは木造《きづく》りの枠《わく》だけだ。

鏡子《きょうこ》さん……。

わたしは木枠《きわく》の前《まえ》に立《た》つと、右手《みぎて》でそっとなでた。

むねがキュッとなる。

三千万《さんぜんまん》さんが、わたしにならって木枠《きわく》に手《て》をふれると、そっと目《め》を閉《と》じた。

「あたたかい……。ぬくもりを、やすらぎを……感《かん》じますね。でも、その感《かん》じが、だんだん、うすれていっている……。これですね。春《はる》さんが悲《かな》しんでいる理由《りゆう》は」

ズバリ言《い》いあてられ、返《かえ》す言葉《ことば》もない。

無言《むごん》のまま、ちいさくうなずく。

『**必殺《ひっさつ》！　こわいもの係《がかり》　記録帳《きろくちょう》**』を丸《まる》めて持《も》つ左手《ひだりて》に、知《し》らず知《し》らず力《ちから》が入《はい》る。

……鏡子《きょうこ》さん。

わたし、こわいもの係《がかり》の仕事《しごと》、しっかりやるからね。

そして、鏡子《きょうこ》さんがまた霊組《れいくみ》にもどってこられるように、精《せい》いっぱいがんばるからね。

「よし、ここで笑《わら》うっ！」

わたしは自分《じぶん》に言《い》い聞《き》かせるように、おおきな声《こえ》で宣言《せんげん》すると、すこしばかりこわばった口《くち》もとに、かなり強引《ごういん》に笑《え》みをうかべる。

わたしのひきつった笑顔《えがお》を見《み》て、三千万《さんぜんまん》さんがすこし笑《わら》った。

家庭科室《かていかしつ》をあとにして、北校舎《きたこうしゃ》と南校舎《みなみこうしゃ》をつなぐわたり廊下《ろうか》を進《すす》む。

なんとも間《ま》の悪《わる》いことに、そこで担任《たんにん》の香川由希子先生《かがわゆきこせんせい》にばったり行《い》き会《あ》ってしまった。

うわ。これはさすがにヤバいね……。

どうシラを切《き》りとおそうかと頭《あたま》をフル回転《かいてん》させるも、考《かんが》えをまとめる間《ま》もなし。情《なさ》けようしゃなく、由希子先生《ゆきこせんせい》が声《こえ》をかけてくる。

「春《はる》さん。そちらの男性《だんせい》の方《かた》は……」

すこし警戒《けいかい》したような口調《くちょう》（あたりまえ）。

「あ、あの、えーと……。そうそう、おじさんです。わたしの親戚《しんせき》のおじさんです」

「そう……なの。外国《がいこく》の方《かた》みたいだけど……」

「あ、そうなんです。あの、わたしの母方《ははかた》の兄弟《きょうだい》のいとこの奥《おく》さんの実家《じっか》のとなりに住《す》んでいるおばさんの息子《むすこ》の嫁《よめ》の姉《あね》のおじさんにあたるんです。えっと、ヨーロッパの国《くに》の人《ひと》です。だからわたしとは血《ち》がつながっていない親戚《しんせき》でして……」

わたしの意味不明《いみふめい》な説明《せつめい》に、由希子先生《ゆきこせんせい》はけげんそうな表情《ひょうじょう》をくずさない（あたりまえ）。

「それにしても、なんというか、ずいぶん古風《こふう》な髪型《かみがた》とお洋服《ようふく》で……」

「たはは……」

そこ、つっこまれると、かなりツラい。

「あの、おじさんは、少々《しょうしょう》変《か》わり者《もの》でして……。そうそう、コスプレってヤツです。古典《こてん》マニアなんです。親戚一同《しんせきいちどう》からも、趣味《しゅみ》が悪《わる》いってよく言《い》われてまして……」

「あら、そうなの……。それで、今日《きょう》はなんのご用《よう》で、学校《がっこう》に来《こ》られたのかしら？」

「え？　なんの用《よう》って……」

それ、わたしが聞《き》きたい。

「あ、え——っと……。おじさんは外国《がいこく》の大学《だいがく》で教育学《きょういくがく》の教授《きょうじゅ》をしてまして、日本《にほん》にあそびに来《き》たついでに、日本《にほん》の小学校《しょうがっこう》の実態《じったい》を見《み》てみたいと言《い》われましたので、えっと、それで、わたしがあさひ小《しょう》の案内《あんない》を……」

かなりつっこみどころ満載《まんさい》の説明《せつめい》で、なんか、すみません……。

わたしがしどろもどろで言《い》いわけをしているさなか、ふいに三千万《さんぜんまん》さんはわたしの横《よこ》をスイと通《とお》りぬけると、由希子先生《ゆきこせんせい》の前《まえ》に立《た》った。

しずかに見《み》つめ合《あ》う二人《ふたり》。

三千万《さんぜんまん》さんは口《くち》もとにちいさな笑《え》みを浮《う》かべ、洗練《せんれん》されたやわらかな動作《どうさ》で、ごくごく自然《しぜん》に、由希子先生《ゆきこせんせい》の右手《みぎて》を取《と》る。

そのまま、スッと片《かた》ひざをゆかにつき、上目《うわめ》づかいで由希子先生《ゆきこせんせい》の顔《かお》を見《み》あげた。

そして。

そしてっ！

チュッ
由希子先生《ゆきこせんせい》の手《て》の甲《こう》に、かるくキスをした。

だ……。

だぁぁぁぁぁっっっっ！

スパーン！

あああっ！

お、おもわず、手《て》にしていた『**必殺《ひっさつ》！　こわいもの係《がかり》記録帳《きろくちょう》**』で、三千万《さんぜんまん》さんの頭《あたま》をはたいてしまったあっ。

い、いやいや、わたしは悪《わる》くない！

悪《わる》くないよっ！

「なにするんですか、春《はる》さん。痛《いた》いじゃないですか」

後頭部《こうとうぶ》をさすりながら、三千万《さんぜんまん》さんが口《くち》をとがらせる。

「なななな、な、『なにするんですか』……じゃ、ないわよっ！　あんたこそ、なにしてんのよっ。ここは日本《にほん》なのよ！　アメリカやヨーロッパならいざ知《し》らず、こここ、ここここんなとこで、手《て》に、手《て》に……、そのキキキキ、キスをするなんてっ！」

あああ……、く、口《くち》がうまく回《まわ》らない。

「いやぁ。あまりに美《うつく》しいお嬢《じょう》さんだったもので、つ

い……」

「つつつ……『つい』じゃないわよっ！　このエロキザオヤジっ！　先生《せんせい》を見《み》なさいよ！　いきなりキスされてびっくりして、かたまって……、かたま……って……」

いませんね。

由希子先生《ゆきこせんせい》は目《め》を潤《うる》ませ、ほっぺをほんのりと赤《あか》く染《そ》めて、三千万《さんぜんまん》さんを見《み》つめていた。

その瞳《ひとみ》には、恋《こい》する乙女《おとめ》の輝《かがや》きが……。

……って、ああっ、なんだもう！

由希子先生《ゆきこせんせい》も友花先輩《ともかせんぱい》も、頭《あたま》の中《なか》ピンク色《いろ》にしてっ！

どいつもこいつもぉっっっっっ！

うっとりとした表情《ひょうじょう》のまま、ぼんやりと立《た》ちつくす由希子先生《ゆきこせんせい》をその場《ば》にのこし、かたや名残《なごり》惜《お》しそうな顔《かお》の三千万《さんぜんまん》さんをズルズルと引《ひ》っぱって、わたしはプンプンと、ジャングルジムへとむかったのでした。

ま、ま、ま、まったく、もうっ！

10 三千万《さんぜんまん》さんの置《お》き土産《みやげ》

「春《はる》さん。怒《おこ》らないでくださいよ。美《うつく》しいご婦人《ふじん》への、ちょっとしたごあいさつじゃないですか」

あぁ……？

ちょっとした、だぁ……？

あんなことして、怒《おこ》るなっていうほうがムリでしょ！

わたしがギロリとにらみつけると、三千万《さんぜんまん》さんは目《め》をそらしながら、

「しかし、ここはなかなか良《よ》い学校《がっこう》ですね。いろいろ不思議《ふしぎ》なモノがたくさんあって。とてもおもしろい」と、話題《わだい》を変《か》えた。

くぅー、まったく！　この西洋《せいよう》かぶれがっ！

……ってか、この人《ひと》、そもそも西洋人《せいようじん》か。

しかし、この三千万《さんぜんまん》さん。驚《おどろ》いたことに、もうほとんどカンペキに日本語《にほんご》を話《はな》してる。

「日本語《にほんご》はなかなかむずかしい。私《わたし》はフランス語《ご》、英語《えいご》、ポルトガル語《ご》、それにドイツ語《ご》、アラビア語《ご》、東洋《とうよう》の言葉《ことば》なら中国語《ちゅうごくご》など、全部《ぜんぶ》で十カ国以上《こくいじょう》の言葉《ことば》を使《つか》えるのですが、日本《にほん》に来《き》たのははじめてなもので……」

ふーん。

でも、わたしだって十カ国語《こくご》ぐらい話《はな》せるよ。

「えーっと、こんにちはでしょ、ハローでしょ。あとボンジュール、ニーハオ、ジャンボ、あとはえーっと、エスカルゴ、ピロシキ、トムヤムクン……」

「ああ、トムヤムクンはおいしいですよね。私《わたし》、辛《から》いモノには目《め》がなくて……。日本《にほん》には、なにか辛《から》いモノ、ありますか？」

「日本《にほん》の辛《から》いモノなら……、わさびかな？　つーんってくるよ」

「ほほぉ。一度《いちど》、食《しょく》してみたいものですね」

……などと、くだらない会話《かいわ》を交《か》わしつつ、よーやく……、よぉぉぉやく、ジャングルジムにたどりついた。

あー、ここまでの道《みち》のり、長《なが》かったぁ……。

何《なん》ページ、使《つか》った？

「さぁってと……。このあたりで、赤《あか》ちゃんの泣《な》き声《ごえ》が聞《き》こえるらしいんだけど……」

さっそく調査開始《ちょうさかいし》！

霊力《れいりょく》を高《たか》めるために、むねの名札《なふだ》ごと、護符《ごふ》をきゅっと右手《みぎて》で握《にぎ》りしめた。そのままそっと目《め》を閉《と》じ、じーっと神経《しんけい》を耳《みみ》に集中《しゅうちゅう》させる。

なにか……。なにか……、聞《き》こえる？

運動場《うんどうじょう》のむこう側《がわ》で遊《あそ》んでいる子《こ》どもたちの歓声《かんせい》。小鳥《ことり》のさえずり。遠《とお》くを走《はし》る自動車《じどうしゃ》のエンジン音《おん》。

そして、風《かぜ》の音《おと》。

冷《つめ》たい風《かぜ》がかすかな音《おと》を鳴《な》らしながら、わたしの身体《からだ》のまわりをここちよく吹《ふ》きぬけていく。

秋《あき》のきざしを全身《ぜんしん》で感《かん》じることができる。

鏡子《きょうこ》さんのことで悲《かな》しみ落《お》ちこんでいた、この一ケ月《かげつ》。

こうやってゆっくりと落《お》ちついて、季節《きせつ》の移《うつ》り変《か》わるさまを感《かん》じる余裕《よゆう》もなかった。

秋《あき》が来《く》るんだね……。

って！

……今《いま》。聞《き》こえたっ！

かすかに、かすかにだけど、たしかに赤《あか》ちゃんの泣《な》き声《ごえ》がした！

目《め》を開《ひら》いて三千万《さんぜんまん》さんの顔《かお》を見《み》あげる。

視線《しせん》がかち合《あ》い、たがいにうなずく。

どうやら三千万《さんぜんまん》さんにも聞《き》こえたようだ。

……となると、やっぱりこのあたりに『なにか』があるってこと。

でも、赤《あか》ちゃんの幽霊《ゆうれい》が、いったいなんで、こんなところに……？

しばらくの間《あいだ》、二人《ふたり》でジャングルジムの周辺《しゅうへん》をうろうろ、泣《な》き声《ごえ》のもとを探《さぐ》ってまわった。

けど。


「やれやれ」

わたしはジャングルジムのすぐそばにある、おおきなせんだんの木《き》の切《き》り株《かぶ》に腰《こし》かけると、秋《あき》空《ぞら》にむかって一息《ひといき》ついた。

あかんぼうの声《こえ》は、とぎれとぎれではあるけど、たしかに聞《き》こえる。でも、かなりか細《ぼそ》く、ちいさな泣《な》き声《ごえ》なので、今《いま》ひとつ発信源《はっしんげん》が特定《とくてい》できない。

やっぱり、花《はな》ちゃんやドクパンを連《つ》れてきたほうがいいのかなぁ……。

一人《ひとり》でジャングルジムのまわりをうろうろ、まめまめしく捜索《そうさく》をつづけている三千万《さんぜんまん》さんの姿《すがた》をながめつつ、わたしはもうひとつ、おおきなため息《いき》をついて、そっと空《そら》を見《み》あげてみた。

うろこ雲《ぐも》が空《そら》いっぱいに広《ひろ》がっている。

ああ、ここにも秋《あき》があるよ……。


ふぎゃ……


……ん？

わたしはおもわずバッと立《た》ちあがった。

ささめくような風《かぜ》の音《おと》に混《ま》じって、心《こころ》なしか、赤《あか》ちゃんの声《こえ》がすぐ近《ちか》くで聞《き》こえたような気《き》がしたのだ。

今《いま》まで腰《こし》かけていた、せんだんの木《き》の切《き》り株《かぶ》を見《み》おろす。

おおきなおおきな切《き》り株《かぶ》。

歌《うた》って踊《おど》れる女優《じょゆう》を目指《めざ》しているわたしは、ここをステージに見《み》たてて、よく友《とも》だちといっしょに歌《うた》ったり、アイドルのふりつけをマネして踊《おど》ったりしたっけ。

そうそう、思《おも》いだした。

この木《き》が切《き》りたおされる前《まえ》には、当時《とうじ》の五年生《ねんせい》や六年生《ねんせい》のお兄《にい》ちゃんたちがいつも、木登《きのぼ》りをして遊《あそ》んでいたよね。

ここに立《た》っていたせんだんの木《き》は、ものすごくおおきくて、どっしりしていて、やさしげで。

わたしもこの木《き》のそばに来《く》ると、なんだかとても安心《あんしん》できたようにおぼえている。

そういえば、この木《き》……。

おばあさんの幽霊《ゆうれい》が出《で》るとかうわさが流《なが》れて、あさひ小《しょう》が大《おお》さわぎになって、でも本当《ほんとう》は木《き》の中《なか》がくさっていて、それで切《き》りたおされることになって。

それで、全校《ぜんこう》あげてのお別《わか》れ会《かい》があったっけ。

えっと……、たしか二年前《ねんまえ》のちょうど今《いま》ごろ。わたしは小学《しょうがく》三年生《ねんせい》だった。

……あれ？　あれあれ。

わたしはあごに手《て》をあてて、首《くび》をひねった。

せんだんの木《き》のお別《わか》れ会《かい》のとき、生徒会《せいとかい》の人《ひと》たちにまじって、友花先輩《ともかせんぱい》が立《た》っていなかったっけ？

んん……、なんで？

なんで、生徒会役員《せいとかいやくいん》でもない小学《しょうがく》四年生《ねんせい》だった友花先輩《ともかせんぱい》が、お別《わか》れ会《かい》にかかわってたんだろ？

「——春《はる》さん、見《み》つけましたよ」

二年前《ねんまえ》の記憶《きおく》をいっしんにたどっていたわたしは、三千万《さんぜんまん》さんの声《こえ》で我《われ》にかえった。彼《かれ》が指《ゆび》さす方《ほう》へと視線《しせん》をむける。

「ほら、あれをごらんなさい」

ごらんなさいって……。

彼《かれ》の指《ゆび》の先《さき》には、ただせんだんの木《き》の切《き》り株《かぶ》があるだけだ。何十《なんじゅう》もの年輪《ねんりん》が重《かさ》なって、不思議《ふしぎ》な紋様《もんよう》をつくっている以外《いがい》は、なにもない。

なにも……。

いや……。あった！

切《き》り株《かぶ》の端《はし》から、空《そら》に向《む》かってのびている、ちいさな……。

「これ……。せんだんの木《き》の……芽《め》？」

三千万《さんぜんまん》さんがちいさくうなずく。

「『ひこばえ』ってやつですね」

「ひこばえ？　それって、英語《えいご》？」

「はは、れっきとした日本語《にほんご》ですよ」

三千万《さんぜんまん》さんがクスッと笑《わら》う。「切《き》りたおされた木《き》の切《き》り株《かぶ》から生《は》える、新芽《しんめ》のことです」

へぇ。難《むずか》しい日本語《にほんご》、知《し》ってるんだね。

「切《き》り株《かぶ》は、いずれ枯《か》れていくものです。けれど、その切《き》り株《かぶ》から出《で》てきた新芽《しんめ》は生命力《せいめいりょく》のかたまり、繁栄《はんえい》のシンボルと言《い》われていますね」

三千万《さんぜんまん》さんは、もはや日本人《にほんじん》以上《いじょう》に流《りゅう》ちょうな日本語《にほんご》でそう説明《せつめい》すると、せんだんの新芽《しんめ》の前《まえ》にひざまずいた。

わたしもそれにならって、かがみこみ、まじまじとひこばえをながめる。

とてもちいさくて、とてもかわいらしくて。

それでいて、これから天高《てんたか》く伸《の》びていこうというおおきな意志《いし》を感《かん》じさせる、力強《ちからづよ》い若芽《わかめ》。

「春《はる》さん、このひこばえに意識《いしき》を集中《しゅうちゅう》させて、耳《みみ》を澄《す》ましてみてください」

言《い》われるままにわたしは、護符《ごふ》を名札《なふだ》ごと握《にぎ》りしめ、そっと目《め》を閉《と》じてみた。

……聞《き》こえた。

赤《あか》ちゃんの泣《な》き声《ごえ》がハッキリと。

「このせんだんの木《き》は、かなり長《なが》生《い》きして、ある種《しゅ》の霊力《れいりょく》を持《も》っていたのだと思《おも》います。切《き》り倒《たお》されたあとも、その霊力《れいりょく》がかすかにのこっていて、この若芽《わかめ》にそのまま引《ひ》きつがれた……というところでしょう」

「残留思念《ざんりゅうしねん》ってヤツ？」

「ほう。春《はる》さん、難《むずか》しい言葉《ことば》を知《し》ってますね。そうです、そのようなものです。でも、まだ赤《あか》ちゃんなので、その霊力《れいりょく》のコントロールができない」

「そうか。だから、近《ちか》くで遊《あそ》んでいる子《こ》どもたち、とくに霊感《れいかん》の強《つよ》い子《こ》だけに、泣《な》き声《ごえ》が聞《き》こえたってワケだ」

三千万《さんぜんまん》さんはこくりとうなずくと、両手《りょうて》で若芽《わかめ》をやさしく包《つつ》みこんで、なにやらぶつぶつと、となえ始《はじ》めた。

そのおおきな両手《りょうて》の中《なか》に、うすぼんやりとした赤《あか》ちゃんのビジョンが浮《う》きあがる。


ふぎゃ、ふぎゃあ……、ふぎゃ……


赤《あか》ちゃんはちいさな手足《てあし》をモゾモゾと動《うご》かしながら、口《くち》をおおきく開《あ》けて泣《な》いていた。

「このひこばえの霊《れい》を、目《め》に見《み》えるように実体化《じったいか》してみました」

……わぁ。すごい。

三千万《さんぜんまん》さんって、そんなことまでできるんだ。

「この赤《あか》ちゃん。まだまだ幼《おさな》いですが、いずれおおきくなったら、このあさひ小《しょう》の子《こ》どもたちを守《まも》りたい……という意志《いし》を持《も》ってますね」

「あさひ小《しょう》を……、守《まも》る？」

「そうです。もともと、ここに立《た》っていたせんだんの木《き》も、そういう意志《いし》を持《も》っていたんでしょう。その心《こころ》を継《つ》いでいるのだと思《おも》いますよ」

せんだんの木《き》の意志《いし》……。

そっかぁ。

せんだんの木《き》には、わたしたち、あさひ小《しょう》の子《こ》どもたちを見《み》まもってくれる霊《れい》が、宿《やど》ってたんだ。

なるほどなるほど。

それなら、この木《き》のお別《わか》れ会《かい》に友花《ともか》先輩《せんぱい》がからんでいたのも納得《なっとく》がいく。

そのとき、きっとなにか、こわいもの係《がかり》の出番《でばん》があったんだね。

ふたたび、三千万《さんぜんまん》さんがぶつぶつと呪文《じゅもん》を口《くち》にすると、赤《あか》ちゃんの姿《すがた》はすーっと消《き》えて見《み》えなくなった。

「はい、これでいいでしょう。この子《こ》の泣《な》き声《ごえ》が、もう人間《にんげん》には聞《き》こえないようにしておきましたよ」

ほ、よかった。

三千万《さんぜんまん》さんがパンパンと手《て》をはらいながら立《た》ちあがる。

「三千万《さんぜんまん》さん、どうもありがとうございました」

頭《あたま》をさげてお礼《れい》を言《い》うと、三千万《さんぜんまん》さんは胸《むな》もとでちいさく手《て》を振《ふ》った。

「いえいえ。お礼《れい》を言《い》うのは私《わたし》のほうですよ」と、おだやかな笑《え》みを返《かえ》す。

「じつは私《わたし》は、時空《じくう》を超《こ》えて世界《せかい》のあちこちを旅《たび》している者《もの》なのですが、時空移動中《じくういどうちゅう》に急《きゅう》に体調《たいちょう》をくずしてしまって、次元《じげん》の割《わ》れ目《め》から、あさひ小《しょう》に落《お》ちてきてしまったのです」

……は？

えっ？

ええ――――っ？

なんか今《いま》、するーっと、トンデモないことをおっしゃいましたけど……。

「さ、三千万《さんぜんまん》さんって、えーっと、いわゆるタイムトラベラーなの？」

「ま、そういうことです」

わぁ。びっくり！

「しかし落《お》ちたところが、あさひ小《しょう》の霊組《れいくみ》の教室《きょうしつ》だったのが幸《さいわ》いでした。あの場所《ばしょ》は、非常《ひじょう》に安《やす》らげるやさしい霊的磁場《れいてきじば》に満《み》ちています。とても居心地《いごこち》がよく、活力《かつりょく》を取《と》りもどすことができました」

三千万《さんぜんまん》さんはわたしの手《て》を取《と》ると、ぎゅっと握《にぎ》りしめた。

「本当《ほんとう》にありがとう。これでまた旅《たび》に出《で》られます」

「いや……。わたしたち、お礼《れい》を言《い》われるようなこと、なにもしてないし……」

わたしの言葉《ことば》に、三千万《さんぜんまん》さんはかるく首《くび》をふった。

「いえいえ。春《はる》さんも、そして花《はな》さんやドクパンさんも、私《わたし》がとつぜん霊組《れいくみ》に現《あらわ》れたのに、そして言葉《ことば》も通《つう》じない得体《えたい》の知《し》れない人間《にんげん》だったのに、責《せ》めたり、追《お》い出《だ》そうとしたりしないで、ずっと見《み》まもってくれたじゃないですか」

まあ……、それはそうだけど……。

「それでじゅうぶんですよ。とてもありがたかったです。おかげで静《しず》かに静《しず》かに、力《ちから》を取《と》りもどすことができたのですから。ついては、お礼《れい》といってはなんですが、なにか、私《わたし》がお役《やく》に立《た》てることはありませんか？　みなさん、すこしおなやみがあるような様子《ようす》でしたが……」

おなやみ……って、そりゃあ、いっぱいあるけど……。

ん？　んんん？

まてよ……。まてよ、まてよまてよっ！

タイムトラベラー……。

時空《じくう》を超《こ》えるって……。

「じゃ、じゃあ、三千万《さんぜんまん》さんっ！　時空《じくう》を超《こ》えられるなら、過去《かこ》にもどることができるのならっ……」

とっぴょうしもない思《おも》いつきに、心臓《しんぞう》の鼓動《こどう》がいっきに速《はや》くなる。

「夏休《なつやす》みの、十三階段《かいだん》の呪《のろ》い事件《じけん》の前《まえ》にもどりたいっ。そして、そしてっ、鏡子《きょうこ》さんがいなくならないように、うまく事件《じけん》を解決《かいけつ》できるように……、あの時《とき》の、わたしや鏡子《きょうこ》さんに教《おし》えてあげたいっ！」

わたしは三千万《さんぜんまん》さんの右《みぎ》うでにしがみつくようにして、まくしたてた。

しかし、三千万《さんぜんまん》さんはわたしの手《て》の上《うえ》にそっと左手《ひだりて》を重《かさ》ねると、頭《あたま》をちいさく横《よこ》にふった。

「春《はる》さん。すみませんが、それはできません」

「……時間《じかん》をさかのぼることは、できないってこと？」

「いえ。過去《かこ》に行《い》くことはできるのです。でも、過去《かこ》におきたできごとを変《か》えることはできないのです」

「……どういうこと？」

「そうですね。たとえば、昨日《きのう》、春《はる》さんが算数《さんすう》のテストで○点《てん》を取《と》ったとします。そこで今日《きょう》の春《はる》さんが時空《じくう》を超《こ》えて、二日前《ふつかまえ》の春《はる》さんにテストの問題《もんだい》を、いやテストの解答《かいとう》を教《おし》えに行《い》ったとしましょう。結果《けっか》、春《はる》さんは百点《てん》を取《と》りますよね」

……たぶん。

「しかし、今日《きょう》の春《はる》さんが二日前《ふつかまえ》の過去《かこ》から現在《げんざい》にもどってきても、結局《けっきょく》そこにいるのは『○点《てん》を取《と》った春《はる》さん』なのです」

それはそうだよね。○点《てん》を取《と》ったから、タイムトラベルすることになったんだからね。

百点《てん》を取《と》ったなら、そもそも過去《かこ》に行《い》く必要《ひつよう》はないわけだし。

「『解答《かいとう》を教《おし》えてもらったわたし』はどこに行《い》ったの？」

「並行世界《へいこうせかい》、すなわちパラレルワールドのひとつの中《なか》です。その世界《せかい》の春《はる》さんはきっと、ズルをしたという罪悪感《ざいあくかん》に悩《なや》まされながら、生《い》きていくことになるでしょう」

「今《いま》のわたしが生《い》きているこの世界《せかい》とは違《ちが》う、べつの世界《せかい》が生《う》まれる……ってこと？」

「そうです。ここにいる春《はる》さんがどれだけ過去《かこ》に干渉《かんしょう》したとしても、結局《けっきょく》は『○点取《てんと》った春《はる》さん』でしかないのです。いわゆるタイムパラドックスと言《い》われるものの解釈《かいしゃく》のひとつですね」

タイムパラドックスか。聞《き》いたことあるね。

「――パラレルワールドが生《う》まれるくらいならかわいいものです。しかし、あまりに過去《かこ》に干渉《かんしょう》しすぎると、過去《かこ》と未来《みらい》の矛盾《むじゅん》から時空《じくう》がひずみ、世界《せかい》が消滅《しょうめつ》してしまったり、同《おな》じ時間《じかん》のくり返《かえ》しの中《なか》を延々《えんえん》と生《い》きていくことになったりすることもあるのです。だから、過去《かこ》に行《い》って、ものごとの結果《けっか》を変《か》えることは厳禁《げんきん》なのです。私《わたし》も過去《かこ》に行《い》ったときには、かなり慎重《しんちょう》に行動《こうどう》していますよ」

……はぁ。……そうなんだ。

過去《かこ》に行《い》っても意味《いみ》がない……。どれだけ過去《かこ》を変《か》えても、ここにいるのは『鏡子《きょうこ》さんを失《うしな》ってしまったわたし』でしかないってこと……か。

がっくりと肩《かた》が落《お》ちる。期待《きたい》が高《たか》まったぶん、落《お》ちこみの度合《どあ》いがはげしい。

「ただ、たとえば二日後《ふつかご》に算数《さんすう》のテストがあるとして、春《はる》さんが明日《あした》にタイムトラベルして、明日《あした》の自分《じぶん》の勉強《べんきょう》のお手伝《てつだ》いをすることはオーケーです。二日後《ふつかご》のテストの結果《けっか》は、タイムトラベルをする今日《きょう》の春《はる》さんにはわかっていませんからね。まだ見《み》ぬ未来《みらい》、知《し》らない未来《みらい》に働《はたら》きかけることは問題《もんだい》にはなりません」

……と、言《い》われてもなぁ。

未来《みらい》に行《い》ったところで、鏡子《きょうこ》さんのことがどうにかなるわけでなし。

「——では、春《はる》さん。これをあずけておきましょう」

三千万《さんぜんまん》さんは、えりもとに挿《さ》していたアクセサリーを手《て》にとって、わたしの目《め》の前《まえ》に差《さ》し出《だ》した。

キラキラと輝《かがや》く金《きん》の枠《わく》に赤《あか》い宝石《ほうせき》をはめこんだブローチ。

高《たか》そっ！

「私《わたし》にたのみごとができたときには、これに呼《よ》びかけてください。すぐに駆《か》けつけます」

両手《りょうて》でブローチを受《う》けとる。

ちいさな見《み》た目《め》のわりには、ずっしりと重《おも》い。

「……今回《こんかい》のお礼《れい》に一度《ど》だけ力《ちから》をお貸《か》しします。大事《だいじ》にとっておいてくださいね」

「うん、わかりました。ありがとう」

「それでは私《わたし》はこれで……。春《はる》さん。また会《あ》える日《ひ》を、楽《たの》しみにしていますよ。その日《ひ》はすぐに、やってくるような気《き》がしますけどね」

三千万《さんぜんまん》さんはかるくウィンクした。そして、その身体《からだ》が、じょじょに消《き》えはじめる。

ふたたび、時間《じかん》と空間《くうかん》を超《こ》える旅《たび》に出《で》るのだろう。

あっ、そうそう！

「ちょ、ちょっと待《ま》って。最後《さいご》にひとつ。あなたの名前《なまえ》、本当《ほんとう》はなんて言《い》うの？　ちゃんと教《おし》えて」

もうすっかり身体《からだ》が透《す》けてしまっている三千万《さんぜんまん》さんは、ニッコリとほほえんで名乗《なの》った。

「私《わたし》の名前《なまえ》は、サン・ジェルマンです」

「サン・ジェルマンさんか。ありがとう、サン・ジェルマンさん」

わたしの言葉《ことば》にかるく右手《みぎて》を振《ふ》り返《かえ》して、サン・ジェルマンさんは姿《すがた》を消《け》した。

でも。

サン・ジェルマンさんの言葉《ことば》どおり、なんだか、またすぐに会《あ》えそうな気《き》がするね。

わたしはブローチをぎゅっと握《にぎ》りしめると、花《はな》ちゃんたちの待《ま》つ霊組《れいくみ》へと、駆《か》けだしたのだった。

11 先生《せんせい》の特別《とくべつ》授業《じゅぎょう》

あれ……？

わたしはいつの間《ま》にか、霊組《れいくみ》の教室《きょうしつ》の前《まえ》に立《た》っていた。

？？？

なんで？

校庭《こうてい》からここに歩《ある》いてもどるまでのことが、まったく思《おも》いだせない。

ぽっかり記憶《きおく》が抜《ぬ》けおちた……って感《かん》じだ。

うーむむ。季節《きせつ》の移《うつ》り変《か》わりで、頭《あたま》がすこしボンヤリしているのかな？

ま、いいか。

気《き》を取《と》りなおして、教室《きょうしつ》の戸《と》をガタガタッと開《あ》けはなつ。

「はるるーん、おかえりぃ」

花《はな》ちゃんが元気《げんき》よく駆《か》けよって、飛《と》びついてきた。

そのちいさな身体《からだ》を両《りょう》うででしっかり受《う》けとめて、ギュッと抱《だ》きしめる。

うんうん。あのころの……、みんなが元気《げんき》いっぱいだったころの五年霊組《ねんれいぐみ》だ。

「ただいま、花《はな》ちゃん。ただいま、ドクパン」

「おかえりぃ、春《はる》。赤《あか》ちゃんの事件《じけん》はどうなったの？」

「うん、ぶじ解決《かいけつ》したよ。もうだいじょうぶ」

「で、で、三千万《さんぜんまん》さんはどこに行《い》ったのぉ？」

ドクパンがきょろきょろと、サン・ジェルマンさんの姿《すがた》を探《さが》す。

「ざんねんながら……」


バンー！


とつぜん、掃除用具入《そうじようぐい》れロッカーの扉《とびら》がおおきな音《おと》を立《た》てて開《ひら》き、わたしは跳《と》びあがった。

「だあっ！　もうっ、びっくりさせないでよ、先生《せんせい》っ！」

「そそそそそ、そんなこと言《い》っている場合《ばあい》じゃありませんよ、春《はる》さん」

先生《せんせい》はかなり興奮《こうふん》した様子《ようす》で、鼻息《はないき》あらく、教室《きょうしつ》の中《なか》を見《み》まわしている。「は、春《はる》さん、さっきの男《おとこ》の人《ひと》はどこに行《い》きましたかっ？」

「え？　ああ、もう帰《かえ》りましたよ。どこかへ行《い》っちゃった」

「「ええ――――っ」」

ドクパンと先生《せんせい》が、ガッカリ落胆《らくたん》の声《こえ》を重《かさ》ねる。

「ああ、なんてことだ。千載一遇《せんざいいちぐう》のチャンスを……」

歯《は》ぎしりしながら地団駄《じだんだ》を踏《ふ》んだのは、先生《せんせい》だ。

「先生《せんせい》、どうしたんですか？」

「どうしたもこうしたもありませんよ！　春《はる》さん、あなた、あの人《ひと》がだれだか知《し》ってるんですか？」

「だれ……って。サン・ジェルマンってお名前《なまえ》でしたけど」

「ああー、やっぱりぃ。思《おも》い出《だ》すのがおそかったぁ……。どこかで見《み》た顔《かお》だと思《おも》ったんですよねえ。やっぱりあの有名《ゆうめい》なサン・ジェルマン伯爵《はくしゃく》でしたかっ」

先生《せんせい》が両手《りょうて》で、キレイに七三《しちさん》にわけた頭《あたま》を、がしがしとかきむしる。

かなり無念《むねん》なご様子《ようす》。

「先生《せんせい》、あの人《ひと》のこと知《し》ってるの？」

「くわあああっ！　コレだからシロートはイヤなんですよねぇ」

ムカッ！

あんただって、ついさっき気《き》づいたばかりなんでしょ！

「――知《し》ってるもなにも。この世界《せかい》で『超《ちょう》』がつく有名人《ゆうめいじん》、いわばスーパースターですよっ。あーっ、サインもらっとけば良《よ》かったぁ……」

「サイン？　スーパースター？　あ、あの人《ひと》って、そんなにすごい人《ひと》なんですか？」

「『すごい』なんてもんじゃありませんよっ！　そのすごさときたら……。ああ、もうっ。よろしい、今《いま》からわたしが特別授業《とくべつじゅぎょう》をしてあげます。こころしてお聞《き》きなさい」

先生《せんせい》はネクタイをキュッと締《し》めあげると、ぼさぼさに乱《みだ》れた髪《かみ》を手《て》ぐしでなおしながら、教壇《きょうだん》にむかった。

黒板《こくばん》の前《まえ》にシャキッと立《た》つと、わたしたちに席《せき》に着《つ》くよう手《て》ぶりする。

言《い》われるままに、わたしたちはそれぞれ自分《じぶん》の席《せき》についた。

先生《せんせい》は満足《まんぞく》げにうなずくと、教卓《きょうたく》にドンと両手《りょうて》をついて、

「えー、時《とき》は中世《ちゅうせい》。今《いま》から三百年《ねん》ほど前《まえ》のヨーロッパ……」と、サン・ジェルマン伯爵《はくしゃく》について語《かた》りはじめた。

三百年前《ねんまえ》……かぁ。

「彼《かれ》はある日《ひ》とつぜん、フランスの社交界《しゃこうかい》に姿《すがた》を現《あらわ》します。それまでの生《お》い立《た》ちは不明《ふめい》ですが、科学《かがく》の知識《ちしき》に富《と》み、音楽《おんがく》や絵画《かいが》などの芸術面《げいじゅつめん》にも秀《ひい》でていました。また、世界各国《せかいかっこく》の言語《げんご》を話《はな》す

ことができたとも言《い》われています」

うんうん。十カ国以上《こくいじょう》の言葉《ことば》を話《はな》せるって言《い》ってたね。

今回《こんかい》、日本語《にほんご》も覚《おぼ》えちゃったし。

先生《せんせい》の講義《こうぎ》はつづく。

「彼《かれ》の社交《しゃこう》の場《ば》は広《ひろ》く他《ほか》の国《くに》にもおよび、当時《とうじ》、多《おお》くの貴族《きぞく》たちが、彼《かれ》のその人柄《ひとがら》や教養《きょうよう》に心《こころ》を惹《ひ》かれ、あこがれました」

たしかに、由希子先生《ゆきこせんせい》の手《て》にキスしたときの動作《どうさ》は、流《なが》れるようになめらかで、エレガントでしたね。

まあ、でも。すごいっちゃぁすごいけど、スーパースターってさわぐほどでは……。

ねぇ、とドクパンと視線《しせん》を交《か》わす。

「ほらそこ！　よそ見《み》しない！　すごいのはここからなんです！」

先生《せんせい》は鼻《はな》の下《した》のちょびひげを、指先《ゆびさき》でツツイとなでながら、ありったけの想《おも》いをこめて力説《りきせつ》した。

「いいですか、よぉくお聞《き》きなさい。彼《かれ》、すなわちサン・ジェルマン伯爵《はくしゃく》は不思議《ふしぎ》な力《ちから》を持《も》っていました。それは時空旅行《じくうりょこう》の能力《のうりょく》……、つまり彼《かれ》は**『タイムトラベラー』**だったのですっっ！

どうです？　驚《おどろ》いたでしょう？　びっくりしたでしょう？」

……いや。それ知《し》ってるし。

さっき、本人《ほんにん》から聞《き》いた。

花《はな》ちゃんやドクパンは、先生《せんせい》の言《い》っていることが理解《りかい》できていないようで、ポカンとした顔《かお》をしている。

「彼《かれ》は一七四八年《ねん》、ルイ一五世《せい》に自分《じぶん》で造《つく》り出《だ》したダイヤモンドを献上《けんじょう》し、一一九〇年《ねん》に十字軍《じゅうじぐん》に参加《さんか》し、紀元前《きげんぜん》三四〇年頃《ねんごろ》にアレキサンダー大王《だいおう》とともにバビロンの都《みやこ》に入城《にゅうじょう》し、一七九三年《ねん》にルイ一六世《せい》とマリー・アントワネットがギロチンで処刑《しょけい》された広場《ひろば》に姿《すがた》を見《み》せ、一九〇〇年代《ねんだい》半《なか》ば、第二次世界大戦時《だいにじせかいたいせんじ》のイギリスの首相《しゅしょう》チャーチルとも、交流《こうりゅう》があったと言《い》われています。とにかくすごいんですよっ！」

まっ赤《か》な顔《かお》をした先生《せんせい》は、ここまでいっきにまくしたてると、ふうと一息《ひといき》ついた。

うーん。

要《よう》するに時間《じかん》を飛《と》びこえて、世界《せかい》のあちこちに顔《かお》を出《だ》しているってことか。正真正銘《しょうしんしょうめい》のタイムトラベラーだ。

そうそう。『この前《まえ》、ベートーベンにも会《あ》った』って言《い》ってたよね。

わたしはむねのポケットから、サン・ジェルマンさんからもらったブローチを取《と》りだして、まじまじとながめた。

いつか、なにかあったら、コレで呼《よ》んでくれ……って、言《い》ってたっけ。

そのときは、一度《ど》だけ力《ちから》を貸《か》す……って。

「じゃあ、みなさん。特別授業《とくべつじゅぎょう》はコレで終《お》わりです。今日習《きょうなら》ったことは、冬休《ふゆやす》み前《まえ》のテストに出《だ》しますから、しっかり復習《ふくしゅう》しておぼえておくように。では、失礼《しつれい》します」

「「ええーっ！」」

ドクパンと花《はな》ちゃんの悲鳴《ひめい》を無視《むし》して、先生《せんせい》は背広《せびろ》の襟《えり》をシャンと直《なお》すと、ペコリと一礼《いちれい》してから、スタスタ掃除用具《そうじようぐ》入《い》れロッカーへともどっていく。

「あ、先生《せんせい》っ！　鏡子《きょうこ》さんのこともお願《ねが》いします。調《しら》べておいてくださいね」

「わかりました。それではみなさん、ごきげんよう」

ロッカーの扉《とびら》が内側《うちがわ》から**ガチャリ**と閉《と》じられる。

「花《はな》ちゃん」

わたしは花《はな》ちゃんの肩《かた》をトントンとたたくと、赤《あか》い宝石《ほうせき》のブローチを差《さ》し出《だ》した。「これ、花《はな》ちゃんがあずかってて」

「これ、なぁに？」

「ああ、なにそれ、なにそれ？　かわいいっ！　アタイにちょうだい！」

ドクパンが目《め》ざとく見《み》つけて、チェックを入《い》れてくる。

「だめだめ。これはサン・ジェルマンさんからもらったモノなの。コレに呼《よ》びかければここに来《き》て、なにか手助《てだす》けしてくれる……っていうんだから、大切《たいせつ》にしなくちゃいけないの！」

「えっ？　ホントホント？　サン・ジェルマンさんがアタイに会《あ》いに来《き》てくれるのっ？　じゃあ、さっそく呼《よ》んでぇ。アタイ、大《だい》ファンになったのよぉ」

「だぁめ。これは、ここ一番《いちばん》ってときに使《つか》うんだから」と、ブローチを花《はな》ちゃんのスカートのポケットに、スルッとすべりこませる。

「せっかくのタイムトラベルの力《ちから》なんだから。霊組《れいくみ》のため、あさひ小《しょう》のために役立《やくだ》てるときまで、大切《たいせつ》に持《も》っていてね」

「うん。花《はな》ちゃん、おーけーだよ」

花《はな》ちゃんがこっくりうなずく。

「えー、花《はな》ちゃんだけ、いいなぁ、いいなぁ」

ドクパンがうらやましがりながら、クネクネと身《み》をよじる。

バタン！

おおきな音《おと》をたてて、ふたたびロッカーの扉《とびら》が開《ひら》き、先生《せんせい》が顔《かお》を出《だ》した。

だぁっ、びっくりさせないでって言《い》ってるでしょっ！

「春《はる》さん。サン・ジェルマン伯爵《はくしゃく》が、またここに来《こ》られたら、必《かなら》ずわたしを呼《よ》んでくださいね。必《かなら》ずですよ！　たのみましたからね」

しつこく何度《なんど》も何度《なんど》も念《ねん》を押《お》しながら、ふたたびロッカーの中《なか》へとすがたを消《け》す。

あぁ、やれやれ……。

もう、先生《せんせい》もドクパンも。まとめて、めんどくさっ。

わたしは両手《りょうて》を頭《あたま》の後《うし》ろで組《く》んで天井《てんじょう》を見《み》あげると、おおきく息《いき》をついた。

――二年前《ねんまえ》、せんだんの木《き》は切《き》りたおされて、切《き》り株《かぶ》だけになった。もはや枯《か》れていくだけの運命《うんめい》の切《き》り株《かぶ》。

けれど、そこに新《あら》たな命《いのち》が育《そだ》っていた。ちいさな新芽《しんめ》が、ちいさな生命力《せいめいりょく》があった。

絶望《ぜつぼう》の中《なか》に育《そだ》つ希望《きぼう》。

そうだ。

わたしは……、いやわたしたちは、鏡子《きょうこ》さんのことで、いつまでもしょげているわけにはいかない。

鏡子《きょうこ》さんのいないぶん、霊組《れいくみ》にのこされた三人《にん》と一匹《ぴき》は力《ちから》をあわせて、あさひ小《しょう》を守《まも》るこわいもの係《がかり》の仕事《しごと》を、しっかりやらなくちゃいけないんだ。

わたしたちもあの『ひこばえ』を見習《みなら》って、希望《きぼう》に向《む》かってまっすぐすすんで行《い》くんだ。

キュッと力《ちから》をこめて、くちびるを真一文字《まいちもんじ》に結《むす》ぶ。

そう。

鏡子《きょうこ》さんがいつか霊組《れいくみ》にもどってきたときに、むねをはってむかえられるように。

だって、わたしは『こわいもの係《がかり》』なんだから。

12 ドクパン、深夜《しんや》に散歩《さんぽ》する。

午前二時《ごぜんじ》。

いわゆる「草木《くさき》も、角川《かどかわ》つばさ文庫《ぶんこ》を愛読《あいどく》している良《よ》い子《こ》たちも、ねむる丑三《うしみ》つ時《どき》」。

花《はな》ちゃんはイスに深《ふか》くもたれかかって、座《すわ》っている。

そのひざの上《うえ》には、クルリと丸《まる》まったわんころべぇ。

そろって、こっくりこっくり舟《ふね》をこいでいる。

一人《ひとり》と一匹《ぴき》を起《お》こさないように注意《ちゅうい》しながら、アタイは静《しず》かに立《た》ちあがると、身《み》じたくを始《はじ》めたのぉ。

サングラスとマスクをつけて、頭《あたま》にはすっぽりとニット帽《ぼう》。

長《なが》めのトレンチコートを身《み》にまとい、足《あし》にはブーツ。

しあげに、両手《りょうて》に手袋《てぶくろ》をはめて……っと。

よし。これにて準備完了《じゅんびかんりょう》だよぉ。

足音《あしおと》をしのばせて、そーっとそーっと霊組《れいくみ》を出《で》る。

うぷぷっ。

おばけ界《かい》のアイドル、ドクパンのファンのみなさま、おまたせ。

アタイの一週間《しゅうかん》に一度《ど》のお楽《たの》しみ、夜《よる》のお散歩《さんぽ》タイムに、ご招待《しょうたい》だよぉ。


ギッ……、ギッ……と、夜《よる》の闇《やみ》に木《き》のゆかをきしませながら、まずむかうは、南校舎《みなみこうしゃ》の一階《かい》。

お目《め》あては、事務室《じむしつ》の出入《でい》り口前《ぐちまえ》に備《そな》えつけてある『落《お》とし物入《ものい》れボックス』だ。

その中《なか》にはね、持《も》ち主《ぬし》がわからない落《お》とし物《もの》……、きらきら光《ひか》るアクセサリーやかわゆいリボンなんかが、ときどき入《はい》ってるの。

今日《きょう》はなんだか、チョーいいものが手《て》に入《はい》る予感《よかん》がするのよねぇ……。

ドキドキ。

アタイは、乙女《おとめ》心《ごころ》がいーっぱいつまった、ちいさなむねをならしながら、ワクワク箱《はこ》の中《なか》をのぞきこんでみた。

でもでも……。

うーん、ざんねん。からっぽだ。

「はぁあ……」

おおきなため息《いき》がもれる。

つい数《すう》ヶ月前《かげつまえ》までは、よくここで、かわゆ～いものを手《て》に入《い》れていたんだけど（……そして、そのたびに、友花《ともか》に怒鳴《どな》られていたんだけど）、最近《さいきん》はさっぱり。

たまにモノがあったとしても、ひとつふたつ、なんの変哲《へんてつ》もないちびたエンピツやけしゴムなんかが転《ころ》がっているくらいのものだ。

理由《りゆう》はわかっているのよねぇ。

友花《ともか》だよ。

友花《ともか》が生徒会長《せいとかいちょう》に立候補《りっこうほ》して、その選挙《せんきょ》のときの公約《こうやく》のひとつが、**『落《お》とし物《もの》・忘《わす》れ物《もの》ゼロ運《うん》動《どう》～持《も》ち物《もの》には必《かなら》ず名前《なまえ》を書《か》くこと』**だったの。

友花《ともか》がみごと、生徒会長《せいとかいちょう》に当選《とうせん》してからは、あさひ小学校《しょうがっこう》ではその決《き》まりごとが徹底《てってい》され、落《お》とし物《もの》の数《かず》が激減《げきげん》しちゃったのだ。

「アタイの宝箱《たからばこ》だったのにぃ……」

しょんぼり、つぶやく。

「あんたの宝箱《たからばこ》じゃないでしょ！」という、心《こころ》の中《なか》の友花《ともか》のつっこみは聞《き》こえなかったことにして……っと。


気《き》をとりなおして、次《つぎ》にむかうのは体育館《たいいくかん》。

まぁ、とくにコレといった特徴《とくちょう》もない、どこの小学校《しょうがっこう》にでもあるようなフツーの体育館《たいいくかん》だよ。

メインのフロアは、バレーやバスケットのコートが二面《めんと》取れる広《ひろ》さで、正面《しょうめん》におおきなステージがある。

来週《らいしゅう》のあさひ小文化祭《しょうぶんかさい》では、春《はる》が準主役《じゅんしゅやく》をつとめるという『あさひ座《ざ》』や、吹奏楽部《すいそうがくぶ》が、ここで練習《れんしゅう》の成果《せいか》をおひろめすることになっているのだ。

アタイは薄暗《うすくら》がりの中《なか》、体育館《たいいくかん》のフロアを、ステージに向《む》けてまっすぐにつっきった。

ステージの左右《さゆう》、いわゆる両《りょう》そでには、それぞれおおきなスペースがある。

舞台下手《ぶたいしもて》のスペースは運動具《うんどうぐ》おき場《ば》になっていて、バレーやバスケットのボール、移動式《いどうしき》のスコアボード、運動《うんどう》マット、とび箱《ばこ》や平均台《へいきんだい》など、体育《たいいく》の授業《じゅぎょう》やクラブ活動《かつどう》で使《つか》う備品類《びひんるい》がところせましと詰《つ》めこまれているのよね。

けど、アタイ、こっちに用《よう》はないの。

その反対側《はんたいがわ》、舞台上手《ぶたいかみて》のスペース。

ここがアタイの目的地《もくてきち》。

そう。その場所《ばしょ》こそ『あさひ座《ざ》』のテリトリー、すなわち演劇《えんげき》クラブの部室《ぶしつ》なのだ。

中《なか》には舞台《ぶたい》で使《つか》う衣装《いしょう》や小道具《こどうぐ》、全身《ぜんしん》を映《うつ》すおおきな姿見《すがたみ》、化粧道具《けしょうどうぐ》や照明器具《しょうめいきぐ》、演劇関係《えんげきかんけい》の本《ほん》などが、ところせましとおかれている。

代々語《だいだいかた》り継《つ》がれている話《はなし》では、十何年《じゅうなんねん》か前《まえ》にあさひ座《ざ》を立《た》ちあげた初代部長《しょだいぶちょう》が、他《ほか》に場所《ばしょ》がないこと、使《つか》い勝手《がって》がいいことを理由《りゆう》に、当時《とうじ》の校長先生《こうちょうせんせい》に直談判《じかだんぱん》して、ここを部室《ぶしつ》として認《みと》めさせた……ということだ。

アタイは演劇部室《えんげきぶしつ》へ、そっとしのびこむ。

あ、ドクパンファンのみんな、心配《しんぱい》しなくてもいいよぉ。このことについては春《はる》に許可《きょか》をもらってるので、怒《おこ》られたりしないから。

「――きゃっ、かわいい♥　今日《きょう》はコレにしよっ！」

アタイは衣装《いしょう》ケースの中《なか》から、来週《らいしゅう》のあさひ座《ざ》の公演《こうえん》で春《はる》が着《き》る予定《よてい》の、お姫《ひめ》さまの衣装《いしょう》を取《と》り出《だ》した。

うぷぷぷ……。ちょーかわいい♥

そう。最近《さいきん》のアタイのマイブームは、演劇《えんげき》クラブ所蔵《しょぞう》のかわゆ〜い衣装《いしょう》を身《み》につけることなのぉ。

「お姫《ひめ》さまぁ、お姫《ひめ》さまぁ。アタイ、今日《きょう》はプリンセスゥ〜」

ふんふんと鼻歌《はなうた》まじりで、さっそくお着替《きが》え。

春《はる》は五年生《ねんせい》としては身長《しんちょう》が高《たか》いほうだけど、それよりもアタイのほうがずっと背《せ》が高《たか》いので、衣装《いしょう》はすこーし寸足《すんた》らずで、つんつるてん。

でもでもっ。

ピンク色《いろ》でフリルがいっぱいついた、ふわふわのドレスなんだもん。

くーっ、ご満悦《まんえつ》ぅぅう。

化粧道具《けしょうどうぐ》には手《て》をつけちゃダメ……って、言《い》われているけど、今日《きょう》くらいはいいわよねぇ。

だってアタイ、お姫《ひめ》さまなんだもん。

お姫《ひめ》さまはわがまま言《い》ってもいいんだもん。

こっそり、ほお紅《べに》や口紅《くちべに》などを拝借《はいしゃく》して。

うぷぷっ……。よりかわいく、より美《うつく》しく……。

パタパタ、グリグリ、チョンチョン、スイッと。

よぉし、メイク完了《かんりょう》〜ぉ。

むねを高鳴《たかな》らせながら、壁《かべ》に立《た》てかけてある、姿見《すがたみ》の前《まえ》に立《た》つ。

「きゃーっ♥」

春《はる》が着《き》るより、だんぜん似合《にあ》ってるぅ。

もう、春《はる》に替《か》わって、アタイがお姫《ひめ》さま役《やく》で舞台《ぶたい》に立《た》ってもいいかもぉ。

DKD2006のセンター、確定《かくてい》よぉぉぉぉっ！

しばらくの間《あいだ》、アタイは夢中《むちゅう》になって姿見《すがたみ》の前《まえ》であれこれ、セクシー&《アンド》キュートなポーズをとっていた。けれど……。

ふと我《われ》にかえって、目《め》の前《まえ》の姿見《すがたみ》を、まじまじとながめる。

鏡《かがみ》……かぁ。

アタイのむねがすこしだけ、ちくり痛《いた》む。

そっと手《て》をのばして、鏡面《きょうめん》をなでてみる。

「鏡子《きょうこ》さん……」

よくよく見《み》ると、この姿見《すがたみ》もけっこうな年代物《ねんだいもの》だ。

春《はる》から聞《き》いた話《はなし》では、これも、例《れい》の伝説《でんせつ》のやり手初代部長《てしょだいぶちょう》が、どっかの古道具屋《ふるどうぐや》から安《やす》く買《か》いたたいてきたとか、粗大《そだい》ゴミおき場《ば》から拾《ひろ》ってきたとか、言《い》われているらしい。

鏡《かがみ》がはめられている長方形《ちょうほうけい》の木枠《きわく》には、ごてごてと彫《ほ》りこみ装飾《そうしょく》がなされており、年季《ねんき》も入《はい》っていて、なかなか高級《こうきゅう》そうな感《かん》じだ。

鏡自体《かがみじたい》にはヒビひとつなく、ピカピカに磨《みが》かれている。

「……家庭科室《かていかしつ》の大鏡《おおかがみ》はこわれちゃったけど、鏡子《きょうこ》さん、かわりにこの鏡《かがみ》を使《つか》えばいいのに……」

ポツリとつぶやいて、おもわずため息《いき》。

あっ、いけないいけない。ため息《いき》ついちゃいけないんだった。春《はる》や花《はな》ちゃんと約束《やくそく》したんだもんね。

落《お》ちこんでいる場合《ばあい》じゃない。

アタイは、右《みぎ》のこぶしをぎゅっと固《かた》めた。

今《いま》、五年霊組《ねんれいくみ》は鏡子《きょうこ》さんがいなくなって、リーダーが不在《ふざい》の状態《じょうたい》なのよね。花《はな》ちゃんは子《こ》どもだし、春《はる》はまだまだ新顔《しんがお》だから、今《いま》の霊組《れいくみ》の責任者《せきにんしゃ》はこのアタイ……ってことになるの。

そう、アタイがしっかりしなくちゃ。リーダーなんだもん。

くよくよしてちゃいけないのよ。がんばるんだからっ！

笑《わら》う、わらう！

姿見《すがたみ》にうつりこんだ自分《じぶん》に向《む》かって、にっこりほほえみをうかべた。

鏡《かがみ》の中《なか》の、かわゆいお姫《ひめ》さまガイコツちゃんがニッコリとほほえみを返《かえ》してくる。

「きゃっ……、チョーかわいいっ！　この人《ひと》、だれ？　ダレ？　どこのアイドル？　DKP206の人気投票一番《にんきとうひょういちばん》の人《ひと》？」

一人《ひとり》、興奮度《こうふんど》マックスに達《たっ》したアタイのかん高《だか》い声《こえ》が、静《しず》かな演劇部室《えんげきぶしつ》の中《なか》に、響《ひび》きわたったのよぉ。

さて、夜《よる》のお散歩《さんぽ》タイムも終《お》わりに近《ちか》づく。

最後《さいご》に立《た》ち寄《よ》るのは、北校舎《きたこうしゃ》一階《かい》の家庭科室《かていかしつ》。

アタイはそっと家庭科室《かていかしつ》にしのびこむと、つい二ヶ月前《かげつまえ》まで、古《ふる》い大鏡《おおかがみ》がかけられてあった壁《かべ》の前《まえ》に立《た》った。

今《いま》そこには、おおきな木《き》の枠《わく》だけがのこっている。

アタイは肩《かた》にかけたポシェットから、ピンクのハンカチを取《と》り出《だ》し、木枠《きわく》をそっとぬぐいはじめた。

アタイ、鏡子《きょうこ》さんがいなくなってからずっと、散歩《さんぽ》に出《で》るたびにこれをつづけてるのよぉ。

おまじない……と言《い》うか、願掛《がんか》けみたいな感《かん》じ。

だから、花《はな》ちゃんにも春《はる》にも、ないしょにしてるの。

こんなことをしたって、割《わ》れた鏡《かがみ》は元《もと》にはもどらないし、ここに新《あたら》しい鏡《かがみ》がはめこまれることもない。それはわかってる。

でも……。

でもこの木枠《きわく》は、鏡子《きょうこ》さんがあさひ小《しょう》にいたという証《あかし》なんだから。

汚《よご》れたりしたら、どこか遠《とお》くにいる鏡子《きょうこ》さんがきっと悲《かな》しむと思《おも》うの。

だからだから、アタイはいつも時間《じかん》をかけて、そして心《こころ》をこめて、せっせと拭《ふ》くのよぉ。

アタイが熱心《ねっしん》に拭《ふ》きあげたおかげで、木枠《きわく》はやがてピカピカになった。

「鏡子《きょうこ》さん、はやく帰《かえ》ってきてね」

こうしていれば、ニコニコ笑《わら》ったやさしい鏡子《きょうこ》さんが、いつかある日《ひ》とつぜん、ふいっと五年《ねん》
霊組《れいくみ》にもどってくるような。

そんな気《き》がするのよねぇ……。

「さぁて……」

ひととおり用事《ようじ》もすんだし、そろそろ霊組《れいくみ》へもどろうかしら……と、家庭科室《かていかしつ》を出《で》る。

カタリ

……？

となりの部屋《へや》から、ちいさな物音《ものおと》が聞《き》こえた。

家庭科室《かていかしつ》のとなりは、アタイにとってなつかしの古巣《ふるす》、理科室《りかしつ》だ。

「なにかなぁ？」

アタイは、**ガタタッ**……と、教室《きょうしつ》の戸《と》をすこしだけ開《あ》けると、そのすき間《ま》からそーっと中《なか》をのぞきこんで……。

「キャッ！」

おもわず短《みじか》い悲鳴《ひめい》をあげてあとずさった。

細《ほそ》いすき間《ま》の向《む》こう側《がわ》、すなわち理《り》科《か》室《しつ》の中《なか》から、おおきな目《め》でこっちをギョロリと見《み》つめているやつがいたのだっ！

「あ、あんたは……」

見《み》おぼえのあるその人物《じんぶつ》に、アタイはおもわず声《こえ》を震《ふる》わせる。

「じん太《た》じゃないのっ！」

なんとなんと。

理《り》科《か》室《しつ》にいたのは『人体標本模型《じんたいひょうほんもけい》おばけ』の、じん太《た》だった。

じん太《た》。

二年前《ねんまえ》の夏休《なつやす》み、とつぜん四年霊組《ねんれいくみ》に乱入《らんにゅう》してきて、あさひ小標本模型《しょうひょうほんもけい》おばけの座《ざ》をかけ、アタイと火花《ひばな》を散《ち》らした相手《あいて》だ（くわしくは角川《かどかわ》つばさ文庫《ぶんこ》『おもしろい話《はなし》、集《あつ》めました①』に入《はい》っている短編《たんぺん》を読《よ》んでねえ）。

「な、なによ、あんた。またアタイとやるってーの？　やってやるわよ。アタイ、霊組《れいくみ》のリーダーに昇格《しょうかく》して、あのころとはひとあじちがうんだからっ。こ、この前《まえ》はすこしだけ手《て》かげんしたけど、今度《こんど》は本気《ほんき》でやってやるよっ」

アタイのファイティングスピリットが、メラメラと熱《あつ》く燃《も》えあがる。

しかし、じん太《た》は戸《と》をガタガタガラッと開《あ》けはなつと、アタイにむかってニッコリ笑《わら》いかけてきた。

顔《かお》の前《まえ》で手《て》を振《ふ》る。

「ぼくは勝負《しょうぶ》なんかしないよぉ。あはははっ！」

予想外《よそうがい》のさわやかな明《あか》るいリアクションに、鼻息《はないき》あらく、猛《たけ》りたっていたアタイは、ちょっと拍子抜《ひょうしぬ》け。

なんだか、以前《いぜん》のじん太《た》とは別人《べつじん》のようだ。

「じゃ、じゃあ、なんでこんなとこにいるのよぉ？」

「ははは、聞《き》いてくれる？　ぼくはね、あれから、あちこちの学校《がっこう》を転々《てんてん》としてね、ついこの前《まえ》までN学園《がくえん》の中等部《ちゅうとうぶ》にお邪魔《じゃま》していたんだ。はははっ」

N学園《がくえん》はN市《し》にある私立《しりつ》の学校《がっこう》。

とくにスポーツに力《ちから》を入《い》れていて、中等部《ちゅうとうぶ》、高等部《こうとうぶ》ともに、いろんな種目《しゅもく》のスポーツで県大会《けんたいかい》上位《じょうい》まで行《い》ったり、全国大会《ぜんこくたいかい》に出《で》たりしている。

いわゆるスポーツ強豪校《きょうごうこう》……ってやつだ。

「そこの理科室《りかしつ》にある人体標本模型《じんたいひょうほんもけい》に取《と》りついて、子《こ》どもたちを驚《おどろ》かせていたんだけどさぁ。その子《こ》たちの中《なか》にね、ぜんっぜん、ぼくにビビらない女《おんな》の子《こ》が一人《ひとり》いてね。あははは。昨日《きのう》、平手《ひらて》で頭《あたま》をバチーンってはたかれて、ひっくり返《かえ》ったところをぼっこぼこにされちゃってさ。あははっ。ほうほうのていで逃《に》げだしてきたんだよっ。ははっ」

……ふ、ふーん。

とってもひどい目《め》にあった……ってのは、よくわかったよ。

いちいち「あはは、あはは」笑《わら》うのが、よくわかんないけど……。

「それでねっ、次《つぎ》の行《い》き先《さき》を探《さが》す旅《たび》に出《で》たんだけどさ。ははっ、ちょーっと疲《つか》れたから、ここで休憩《きゅうけい》してたのさ。あははっ。勝手《かって》にお邪魔《じゃま》してゴメンね。すぐ出《で》ていくよっ」

「いや、アタイは別《べつ》にいいんだけど……。でも、なんだかあんたの性格《せいかく》、ずいぶん変《か》わっちゃったね」

前《まえ》に戦《たたか》ったときよりかるいっていうか……、さっぱりしてるっていうか……。

「そう？　あははっ。自分《じぶん》じゃあ、よくわかんないけどねっ。あはは。でもね、心当《こころあ》たりはあるんだ」

……？

「この人体標本模型《じんたいひょうほんもけい》さ、大脳《だいのう》がこわれて穴《あな》が開《あ》いちゃってるんだよね。あははっ。どうもその穴《あな》から、ぼくのシリアスな部分《ぶぶん》が抜《ぬ》けていっちゃってるみたいなんだよね、あははっ」

シリアスな部分《ぶぶん》というよりは、ずるがしこくて意地悪《いじわる》な部分《ぶぶん》が抜《ぬ》けていっているような気《き》がするけど……。

「ま、まあでも、なんだか今《いま》のほうがイイ感《かん》じだよ、あんた」

「あははっ。ありがとう。じゃ、ぼくはそろそろ行《い》くよ、あはは。一度《いちど》は戦《たたか》ったキミと、こうしてまた会《あ》えて、うれしかったよ。あははっ。じゃあねぇ」

そう言《い》うと同時《どうじ》に、じん太《た》の霊《れい》が白《しろ》いモヤとなって、すーっと人体標本模型《じんたいひょうほんもけい》からぬけだす。

そのままふわふわと廊下《ろうか》の窓《まど》ガラスをすりぬけて、夜空《よぞら》の彼方《かなた》へと飛《と》び去《さ》っていった。

また、どこかの学校《がっこう》の人体標本模型《じんたいひょうほんもけい》に取《と》りつくのだろう。

白《しろ》いモヤを見送《みおく》ったアタイは、いきなりヘンな方向《ほうこう》に身体《からだ》をむけて、まっすぐ指《ゆび》をさした。

「今度《こんど》……、人体模型《じんたいもけい》の標本《ひょうほん》が動《うご》きだすのは、あんたの通《かよ》っている学校《がっこう》かもしれないよ……」

……よし、キマッた。

鏡子《きょうこ》さんの代役《だいやく》、ばっちりだ。

今夜《こんや》のアタイ、なにからなにまでキマッてる～☆

アタイはかるくガッツポーズをすると、目《め》の前《まえ》に静《しず》かにたたずむ人体標本模型《じんたいひょうほんもけい》を、あらためてまじまじとながめた。

そっと手《て》を伸《の》ばし、模型《もけい》の大脳《だいのう》を取《と》り出《だ》して裏返《うらがえ》してみる。

ははあ……、これのことかぁ。

じん太《た》の言《い》っていたとおり。大脳《だいのう》はこわれて、ちいさな穴《あな》が開《あ》いていた。

いつの間《ま》に、だれがこわしたんだろう？

大脳《だいのう》を持《も》つ両手《りょうて》がかすかにふるえ、腹《はら》の底《そこ》からムラムラと怒《いか》りがわきおこってきた。

じん太《た》とは敵同士《てきどうし》、ライバルではあるけれど、つまるところ、おなじ標本模型《ひょうほんもけい》おばけの仲間《なかま》だ。

粗末《そまつ》にあつかわれるのは心《こころ》が痛《いた》む。

アタイは顔《かお》をあげると、じん太《た》が去《さ》って行《い》ったほうへと目《め》をむけた。

夜空《よぞら》の星《ほし》を見《み》つめながら、心《こころ》に誓《ちか》う。

「じん太《た》。この模型《もけい》を壊《こわ》した犯人《はんにん》は、アタイが絶対《ぜったい》つきとめてやるよっ。そして犯人《はんにん》がわかったら、あんたに替《か》わってアタイが仕返《しかえ》ししておいてやるからねっ。きっちり落《お》とし前《まえ》をつけさせて、きっちり修理《しゅうり》させてやるんだから！」

情熱《じょうねつ》の炎《ほのお》が、身体《からだ》の芯《しん》でうずまき、熱《あつ》く燃《も》えさかるのを感《かん》じる。

心《こころ》の奥底《おくそこ》に、標本模型同士《ひょうほんもけいどうし》の熱《あつ》く奇妙《きみょう》な友情《ゆうじょう》の芽《め》が、誕生《たんじょう》した瞬間《しゅんかん》だった！

「よぉし。今度《こんど》、春《はる》に聞《き》いてみよう。なにか知《し》っているかもしれないしぃ」

ぐっと右《みぎ》のこぶしをにぎりしめる。

そのひょうしに、
つるり
手《て》がすべった。

ガシャ
大脳《だいのう》がゆかに落《お》ち、にぶい音《おと》を立《た》てる。

「あわわっ」

アタイはあわてて大脳《だいのう》を拾《ひろ》いあげた。

かけらがひとつ、ポロリと落《お》ちる。

「う……」

開《ひら》いていた穴《あな》がさらにおおきく、さっきまでの倍《ばい》くらいのおおきさに広《ひろ》がってしまった。

とっさに、きょろきょろとあたりを見《み》まわす。

だ、だれも見《み》ていない……よね。

と、とりあえず、この脳《のう》みそを標本模型《ひょうほんもけい》にもどしてっと……。

えーっと。

「コホン」

ま、まぁ……。

もう、じん太《た》があさひ小《しょう》に来《く》ることはないだろうし……。

仮《かり》にやって来《き》たとしても、昔《むかし》の陰湿陰険《いんしついんけん》な性格《せいかく》より、今《いま》の明《あか》るくさわやかな感《かん》じのほうがいいもんね。うんうん。

このままでいいよ。ちょっとくらい壊《こわ》れてても、平気《へいき》へーき。だれも気《き》にしないよぉ。

アタイ…………、しーらないっと。

心《こころ》の中《なか》でつぶやくと、アタイはそしらぬ顔《かお》で、口笛《くちぶえ》をふきふき霊組《れいくみ》にもどったのでしたぁ。

次《つぎ》の日《ひ》。

「理科室《りかしつ》の中《なか》にあったはずの人体標本模型《じんたいひょうほんもけい》が、ひとりで勝手《かって》に廊下《ろうか》に出《で》ていた」と、あさひ小学校《しょうがっこう》は大《おお》さわぎ。

そして、理科《りか》の牧野先生《まきのせんせい》は「またこわれてる～っ」と、悲鳴《ひめい》をあげたのでした。

やれやれ。

最後《さいご》に、わたしこと、高田春《たかだはる》がピリッと締《し》めときましょう。

かの有名《ゆうめい》なレジェンドこわいもの係《がかり》、豊川友花先輩《とよかわともかせんぱい》はこう言《い》ってるよ。

「ち、ちがいます、ちがいます。今回《こんかい》、こわしたのはわたしじゃありませんってば。……いやいや、っていうか、それ以前《いぜん》に、前回《ぜんかい》だってホントはわたしじゃないのにぃ……、ああん、もう、き―――っ」ってね。

13 お寒《さむ》い来《らい》訪《ほう》者《しゃ》

十二月《がつ》。

街《まち》のそこかしこでクリスマスソングが流《なが》れ、チカチカと光《ひか》るクリスマスツリーを目《め》にするようになった。

今年《ことし》も、クリスマスに冬休《ふゆやす》み、そしてお正月《しょうがつ》という全国的《ぜんこくてき》なビッグイベントに、みながウキウキワクワク心《こころ》おどらせる季節《きせつ》がやってきたのだ。

サンタさんにどんなプレゼントをお願《ねが》いしようかな？

おとし玉《だま》はどれくらいもらえるのかな？

あさひ小《しょう》の子《こ》どもたちも、やや夢見心地《ゆめみごこち》で、その日《ひ》が来《く》るのを楽《たの》しみにしている。

けど……。

ここにいたっても、鏡子《きょうこ》さんのことはなんの進展《しんてん》もない。

掃除用具《そうじようぐ》ロッカーの先生《せんせい》は、あれからなにも言《い》ってこない。

友花先輩《ともかせんぱい》は、ふらりと遊《あそ》びに来《き》た**死神《しにがみ》（見習《みなら》い）ミアン**に、なにか手《て》がかりがないか……と、たずねてみたらしいけど、たいした情報《じょうほう》は得《え》られなかったという。

どうやら鏡《かがみ》の国《くに》は、なかなかぶあつい秘密《ひみつ》のベールにつつまれているようだ。

いまだ先《さき》は見《み》えない。五里霧中《ごりむちゅう》。

わたしがこわいもの係《がかり》でいられるのも、あと数《すう》ヶ月《かげつ》をのこすのみとなった。ここを出《で》ていくまでには、鏡《きょう》子《こ》さんにもどってきてほしい……。

そう考《かんが》えると、すこしばかりあせりの気持《きも》ちがわきおこって、不安《ふあん》になる。

でもっ！

それでもっ！

五年霊組《ねんれいくみ》は今日《きょう》も明《あか》るい。

鏡子《きょうこ》さんに安心《あんしん》してもどってきてもらうためにも、明《あか》るく楽《たの》しい五年霊組《ねんれいくみ》でなくっちゃいけないのだ。

鏡子《きょうこ》さん。

わたしも花《はな》ちゃんもドクパンも、毎日《まいにち》ニッコリ笑《わら》って元気《げんき》にやってます。

わんころべぇも、わたしたちの気持《きも》ちをくみ取《と》ってくれているのか、元気《げんき》に教室内《きょうしつない》を走《はし》りまわっているよ。

あ、そうそう。

多方面《たほうめん》に、多大《ただい》なるご迷惑《めいわく》とご心配《しんぱい》をおかけしましたが、先月《せんげつ》のあさひ小文化祭《しょうぶんかさい》『あさひ座《ざ》』の演《だ》し物《もの》も、わたくし、ばっちり準主役《じゅんしゅやく》の役《やく》どころをこなすことができました。

あのキビシイ美里部長《みさとぶちょう》から「ものすごく、できが良《よ》かった」って誉《ほ》めてもらえたし、観劇《かんげき》していた友花先輩《ともかせんぱい》も絶賛《ぜっさん》してくれて……。

もうだいじょうぶ。わたしの笑顔《えがお》は絶《た》えない。

でも。

でもね、鏡子《きょうこ》さん。

明日《あした》から冬休《ふゆやす》みに入《はい》る、二学期《がっき》の終業式《しゅうぎょうしき》の今日《きょう》。

いろんな意味《いみ》でわたしたちの笑顔《えがお》を凍《こお》りつかせるようなお客《きゃく》さんが、とつぜん、五年霊組《ねんれいくみ》にやって来《き》たんだよ……。

ガタガタ、ガタタタッ

とつぜん、霊組《れいくみ》の教室《きょうしつ》の戸《と》が激《はげ》しく音《おと》を鳴《な》らし、イスにかけて談笑《だんしょう》していたわたしたちは、そろって息《いき》をのんだ。

だって霊組《れいくみ》には、わたし、花《はな》ちゃん、ドクパン、わんころべぇ……、メンバー全員《ぜんいん》がそろってるのだ。

……ということは。

戸《と》を開《あ》けようとしているのは、未知《みち》なる世界《せかい》からの来訪者《らいほうしゃ》。

しかも、おばけや妖怪《ようかい》のたぐいってことになるよね。

だれ……？

教室内《きょうしつない》にいっきに緊張《きんちょう》が走《はし》る。

まさか……、鏡子《きょうこ》さんがもどってきた……？

わたしたちは心《こころ》の中《なか》にちいさな期待《きたい》の灯《ひ》をともしつつ、無言《むごん》のまま、いたいたしいきしみ音《おん》を響《ひび》かせる戸《と》を、じっと見《み》つめていた。

キシッ、ガラッ

ようやく、戸《と》がほんのすこしだけ開《ひら》いた。そして、そのとたん……。

心《こころ》の中《なか》の灯火《ともしび》は、はかなく吹《ふ》き消《け》された。

ヒュオォォォォォォォォォォッ！

「だあああああっ、さっ、さっ……、寒《さむ》い寒《さむ》い寒《さむ》いぃぃぃ……」

わたしは両《りょう》うでで自分《じぶん》の身体《からだ》を抱《だ》きしめながら、悲鳴《ひめい》をあげた。

なんとなんとっ！

わずかな戸《と》のすき間《ま》から、みぞれまじりの冷《つめ》たい風《かぜ》が、教室内《きょうしつない》に吹《ふ》きこんできたのだっ。

あ……、ああ、ああ……。

さ、ささ、寒《さむ》くて……、は、歯《は》の根《ね》が、合《あ》わない……よ……。

な……、なにこれ？

だいたい……、お、おかしいよ……。校舎《こうしゃ》の中《なか》で……、雪《ゆき》やみぞれが舞《ま》うなんて……。

ど、どど……ど、ういう……こと……？

「はるるん、どーしたの？　だいじょうぶ？」

この異常《いじょう》な寒《さむ》さにも、ケロッとした表情《ひょうじょう》の花《はな》ちゃんが、わたしの顔《かお》をのぞきこむ。

……いいいい……や。

ぜんぜん、だだ、だ、だい……じょうぶじゃ、ないしぃぃぃ……。

わたしは歯《は》をカチカチとならしつつ、いそいでイスの背《せ》もたれにかけてあったダウンのジャンパーを手《て》に取《と》り、身体《からだ》にはおった。

かじかんだ手《て》を必《ひっ》死《し》に動《うご》かして、フロントファスナーを閉《し》め、フードで頭《あたま》をおおうと、イスの上《うえ》でギュッと身体《からだ》をちぢこまらせた。

すこしばかり寒《さむ》さが遮断《しゃだん》される。

その間《あいだ》にも、教室《きょうしつ》の戸《と》はガタガタッと揺《ゆ》れつづける。しかし、さすがたてつけの悪《わる》いことで有《ゆう》名《めい》な北校舎《きたこうしゃ》の戸《と》、なかなか開《ひら》かない。

やがて業《ごう》を煮《に》やしたのだろう。

戸《と》のむこう側《がわ》で、なぞの訪問者《ほうもんしゃ》はひと声《こえ》、うなり声《ごえ》をあげた。

「ふんっ」

ガタッ、バキッ
戸《と》がまるごと外《はず》れた。

……う。すごく強引《ごういん》。すくなくとも、鏡子《きょうこ》さんじゃないことは確定《かくてい》だ。

って、そんなことを悠長《ゆうちょう》に考《かんが》えている余裕《よゆう》は、今《いま》のわたしにはなかった。

ぱっかり開《あ》けはなたれた教室《きょうしつ》の入《い》り口《ぐち》から、ようしゃなく冷《つめ》たい風《かぜ》がいっきに吹《ふ》きこみ、大量《たいりょう》のみぞれ、あられ、雪《ゆき》が渦《うず》を巻《ま》く。

あ……わ、わぁ、あ……あ……。

さささ、寒《さむ》くて……、死《し》ぬぅぅぅ……。……あ、あぁ、ね、眠《ねむ》い……。意識《いしき》が……、遠《とお》くなるるるるぅ……。

「ちょっと、だれなのよぉ。戸《と》を壊《こわ》しちゃって！　姿《すがた》を現《あらわ》しなさいよっ」

ドクパンがぷんすか憤慨《ふんがい》している。

こちらも、寒《さむ》さをまったく気《き》にしていない。

こ、こ……、こら、こらこら……、あんたっ、今《いま》つっこむところは、ソコじゃないでしょぉぉお……。

ドクパンの呼《よ》びかけに『そいつ』は、はずれた戸《と》を廊下《ろうか》の壁《かべ》に立《た》てかけると、教室《きょうしつ》にずいっと足《あし》を踏《ふ》み入《い》れてきた。

ななな……なんだ……、あい……つ……？

寒《さむ》さに身《み》を震《ふる》わせながら、薄《うす》れゆく意識《いしき》の中《なか》で、わたしは目《め》を丸《まる》くした。

なぞの訪問者《ほうもんしゃ》は、これぞまさしく『なぞの訪問者《ほうもんしゃ》ですっ』てな、いでたちをしていた。

おおきめのソフト帽《ぼう》を目深《まぶか》にかぶり、顔《かお》には、おおきなサングラスとマスク。

表情《ひょうじょう》はまったくわからない。

ただ、驚《おどろ》くのは、そのスタイルの良《よ》さ！

スラリとした八頭身《はっとうしん》の長身《ちょうしん》。ちいさな顔《かお》に、長《なが》い手足《てあし》。

長《なが》めのトレンチコートを身《み》につけ、両手《りょうて》に黒《くろ》の革手袋《かわてぶくろ》をしている。白《しろ》のスラックスに、とどめは、ピカピカに光《ひか》り輝《かがや》く茶色《ちゃいろ》の革靴《かわぐつ》。

まさにダンディーを絵《え》に描《か》いたような姿《すがた》かっこうだ。

帽子《ぼうし》からはみ出《だ》している髪《かみ》の毛《け》は、つやがあり、白《しろ》く長《なが》い。いや、白髪《しらが》と言《い》うより、あのキラキラ輝《かがや》きようは、銀髪《ぎんぱつ》……と言《い》うべきか。

でででで、でも……。

でも、今《いま》のわたしには、そんなことまったくカンケーない。

とと、とととにかく……、寒《さむ》い寒《さむ》い、寒《さむ》いってばっ！！！！

男《おとこ》は、ようやく寒《さむ》さに凍《こご》えるわたしのことに気《き》づいたようだ。

「コレは失礼《しつれい》。人間《にんげん》がいるとは思《おも》いませんでした。私《わたし》、ふだんから身体《からだ》に冷気《れいき》をまとっていますので、つい……」

マスクの下《した》から涼《すず》やかな声《こえ》を響《ひび》かせると、キザっぽいしぐさで、パチンと指《ゆび》を鳴《な》らした。

ゴウゴウと教室内《きょうしつない》に渦巻《うずま》いていた吹雪《ふぶき》が、ぱたりとやむ。

ふ、ふひぃいぃ……、た、助《たす》かったぁぁぁ。

あやうく明日《あした》の新聞《しんぶん》に、『**奇怪《きかい》！　N市立《しりつ》あさひ小学校《しょうがっこう》の教室《きょうしつ》で、美少女小学生《びしょうじょしょうがくせい》が凍死《とうし》！**』なんて見出《みだ》しが、載《の》るところだったよ。

フツーに学校《がっこう》に行《い》っただけなのに、教室《きょうしつ》の中《なか》でこごえ死《じ》にしました……ってんじゃあ、ご先祖《せんぞ》さまに顔《かお》むけできない。

それに、将来《しょうらい》の名女優《めいじょゆう》がこんなところで命《いのち》を落《お》としちゃあ、日本演劇界《にほんえんげきかい》の大損失《だいそんしつ》だわね。

ホッと一息《ひといき》ついて、目《め》の前《まえ》にいるなぞの男《おとこ》をまじまじと見《み》つめた。

どうやらこの男《おとこ》、こういうことが自由自在《じゆうじざい》にできる、摩訶不思議《まかふしぎ》なお方《かた》のようだ。

わたしは頭《あたま》にかぶっていたジャンパーのフードをはぐと、肩《かた》や両《りょう》うでにつもった（！）雪《ゆき》や氷《こおり》を、パタパタとはらい落《お》としながら、たずねた。

「あなた、だれなんですか？」

「ああ、重《かさ》ねて失礼《しつれい》を。私《わたし》の名前《なまえ》は家亭《いえてい》ユキオ。雪一族《ゆきいちぞく》の者《もの》です。ユキオ、もしくはユッピーと呼《よ》んでください」

自己紹介《じこしょうかい》しながら、サングラスをはずす。

「キャ～～～～～～～～～～～～～～～～～～～ッ」


わたしのすぐ横《よこ》で、黄色《きいろ》い歓声《かんせい》をあげたのはドクパンだった。

鼓膜《こまく》が、きーんと鳴《な》る。

けれど、目《め》をハートマークにしたドクパンの気持《きも》ちも、わからないでもない。

なぜなら、サングラスの下《した》から現《あらわ》れたのは、細《ほそ》いきりっとした眉《まゆ》に、二重《ふたえ》まぶたのおおきな目《め》、そしてすきとおるような青《あお》い瞳《ひとみ》だったんだから。

やさしげなまなざし。

ユキオさんは、つづいて顔《かお》の下半分《したはんぶん》をおおいかくしているマスクに手《て》をかけた。

マスクの下《した》に隠《かく》れていたのは、ご期待《きたい》どおり、すじのとおった高《たか》い鼻《はな》に、形《かたち》の良《よ》いちいさな赤《あか》いくちびる！

ユキオさんが、ニッコリと笑《え》みを口《くち》もとにうかべると、きれいならんだ白《しろ》い歯《は》が、きらきらきらりーんと、光《ひか》った。


「キャ――――ッ、ユッピィイイイ――――♥」

ドクパンは興奮度《こうふんど》マックス、一人《ひとり》でもんぜつしている。

うーむ。こりゃ、たしかにイケメンだわ。しかも上《うえ》に**「超《ちょう》」**とか**「スーパー」**とか**「空前絶後《くうぜんぜつご》の」**って言葉《ことば》が、つくぐらいのね。

ただ……。

ただ、すこーしだけ気《き》になるのは、ユキオさんのもみあげからあご、そしてのど元《もと》にかけて、長《なが》いひげが生《は》えていること。

そのひげも髪《かみ》の毛《け》と同《おな》じく、ツヤツヤと銀色《ぎんいろ》に輝《かがや》いている。

「うは……、うはは っ……、は、春《はる》うう〜」

興奮《こうふん》しすぎて、もはや、まともにしゃべることもままならないドクパンが、わたしにもたれかかって身《み》もだえする。

「あ、うう……、あの人《ひと》、か、かっこいいぃぃ……。アタイ、あの人《ひと》の……、ユッピーのファンになりゅうぅ……」

卒倒《そっとう》しそうないきおいだ。

……っていうか、あんた。アイドルグループ『山風《さんぷう》』の梅《うめ》Pや、サン・ジェルマンさんはどうなったのよ！

そーゆーのを「うわき症《しょう》」っていうんだよっ。まったく！

ユキオさんはさわやか笑《え》みをうかべたまま、自分《じぶん》の頭《あたま》に右手《みぎて》をやると、ソフト帽《ぼう》を取《と》って、かるく頭《あたま》を振《ふ》った。

ふさふさとした銀髪《ぎんぱつ》のロン毛《げ》がさらさらり～んとゆれて、キラキラと目《め》にまぶしい。

うっ……。


ドキドキッ！

ド、ドクパンじゃないけど、ま、まぁ……、たしかにかっこいい、かも……（※ひげをのぞく）。
サン・ジェルマンさんもまあまあイケてたけど、あの人《ひと》の場合《ばあい》は『大人の男《おとなのおとこ》』で、かっこいいっていうよりは、シブいって感《かん》じだもんね。年齢《ねんれい》も、わたしのお父《とう》さんぐらいだったし……。

でもユキオさんは、見《み》た目《め》二十代前半《だいぜんはん》のぴっちぴち。

アイドルグループの『山風《さんぷう》』のメンバーだ……って言《い》われても、納得《なっとく》しちゃうくらいのレベルだ（※ひげをのぞく）。

うーん。

今回《こんかい》、この本《ほん》に登場《とうじょう》する男性《だんせい》キャラのイケメン度《ど》って、霊組《れいくみ》シリーズ始《はじ》まって以来《いらい》の最高《さいこう》レベルだね。

ある意味《いみ》、幸《しあわ》せかも。

……と考《かんが》えていたのもつかの間《ま》のことで。

この男《おとこ》、とんでもなかったっ！！！

このあと、おもわず目《め》が飛《と》び出《で》そうになるような光景《こうけい》が、わたしたちの目《め》の前《まえ》でくりひろげられることと、あいなったのでしたっ！

14 ユッピーの「お願《ねが》い」

なんと、なんとっ！

帽子《ぼうし》、サングラス、マスクを脱《ぬ》ぎ去《さ》ったユキオさんは、次《つぎ》にトレンチコートのボタンをはずすと、バサッと脱《ぬ》ぎ捨《す》てたのだ！

いや、それはまだオーケー。

それから……。

それから、コートの下《した》に着《き》こんでいたセーターを脱《ぬ》ぎ、シャツを脱《ぬ》ぎ。

おいおい……。

革靴《かわぐつ》を脱《ぬ》いで、靴下《くつした》を脱《ぬ》いで。

おいおいおいおいおい……。

あわわっ、ズ、ズボンも脱《ぬ》いで……。

目《め》の前《まえ》で、止《と》める間《ま》もなく進《すす》んでいく脱衣《だつい》ショーに、言葉《ことば》も出《で》ない。

そして……、そしてっ！

あ、あ、あああっ！

あっけにとられるわたしたちを尻目《しりめ》に、とうとう、ユキオさんは身《み》につけていたモノすべて、すべて（パ、パパ、パンツまでっ！！！）、脱《ぬ》ぎ去《さ》ってしまったのだっ。

きゃ――――――っ！

こっ、こここ、ここここここ……、**こらぁぁぁぁぁっっっ！！！！**

日本全国津々浦々《にほんぜんこくつつうらうら》、読書大好《どくしょだいす》き良《よ》い子《こ》が読《よ》んでる、健全明朗《けんぜんめいろう》がモットーの角川《かどかわ》つばさ文庫《ぶんこ》で、こんな……、こんな読者《どくしゃ》サービスをして……、いやもとい、不埒《ふらち》な狼藉《ろうぜき》を働《はたら》いていいと思《おも》ってんのかぁぁあっ？

今回《こんかい》、この本《ほん》に登場《とうじょう》する男性《だんせい》キャラの非常識度《ひじょうしきど》って、霊組《れいくみ》シリーズ始《はじ》まって以来《いらい》の最悪《さいあく》レベルだね。

サン・ジェルマンさんは初対面《しょたいめん》の由希子先生《ゆきこせんせい》にいきなりキスするし、ユキオさんで、いきなりまっ裸《ぱだか》になるしっ。

…………って。

顔《かお》をおおった両手《りょうて》の指《ゆび》と指《ゆび》のすき間《ま》から、おそるおそるユキオさんの姿《すがた》を見《み》たわたしは（べ、べべ、別《べつ》に見《み》たかったわけじゃないからねっ）、おもわず絶句《ぜっく》した。

なんと。

ユキオさんは全身《ぜんしん》、毛《け》むくじゃらだった。

身体中《からだじゅう》がまっ白《しろ》の、いや、髪《かみ》の毛《け》やひげと同《おな》じ、つやのある銀《ぎん》の長《なが》い毛《け》でおおわれていた。

……。

……あの、えーっと。

あれ？　なんと……言《い》えばいいのかな。

どうにもこうにも、読者《どくしゃ》のみなさまが期待《きたい》していたモノとは、ちょーっとイメージがちがうんですけど……。

目《め》を皿《さら》のようにして、ユキオさんの脱衣《だつい》ショーをガン見《み》していたドクパンも、同《おな》じ思《おも》いのようだ。肩《かた》をがっくり落《お》として意気消沈《いきしょうちん》。今《いま》にも教室《きょうしつ》のすみに行《い》って、体育座《たいいくずわ》りで落《お》ちこみはじめそうな様子《ようす》。

どうリアクションすべきかと戸惑《とまど》うわたしたちをよそに、ユキオさんは脱《ぬ》いだ衣服《いふく》をきれいにたたむと、涼《すず》しげな表情《ひょうじょう》で語《かた》りかけてきた。

「**あらためまして、はじめまして。みなさま！**」

「「「……はじめまして……」」」

げんなり気味《ぎみ》のこっち三人《にん》、元気《げんき》が出《で》ない。

ユキオさんはそんな空気《くうき》を気《き》にすることなく、快活《かいかつ》な口調《くちょう》で話《はなし》をつづける。

「本日《ほんじつ》は、こちらに相談《そうだん》ごとがあってうかがいました。友花《ともか》さんか鏡子《きょうこ》さんは、いらっしゃいますでしょうか？」

……えっ？

友花《ともか》さんか鏡子《きょうこ》さん……って。

なんでこの人《ひと》、二人《ふたり》の名前《なまえ》を知《し》ってるんだろ？

「……いえ。あいにく、今《いま》ここには、どっちもいないんですけど」

「え？　あ、ああ、そうですか。それはざんねん。そのお二方《ふたかた》はとてもたよりになると聞《き》いていたものですから……」

アテが外《はず》れたふうのユキオさんが、表情《ひょうじょう》をくもらせる。

「あの、どういうご用件《ようけん》でしょうか？」

わたしはずいとユキオさんの前《まえ》に進《すす》み出《で》た。

「あなたは？」

「わたしの名前《なまえ》は春《はる》。五年霊組《ねんれいくみ》こわいもの係《がかり》の高田春《たかだはる》です。今《いま》は……、今《いま》はそう、友花先輩《ともかせんぱい》そして鏡子《きょうこ》さんにかわって、霊組《れいくみ》の責任者《せきにんしゃ》、リーダーをしています」

「え……？」

ドクパンが短《みじか》く驚《おどろ》きの声《こえ》をあげる。「……あれ？　霊組《れいくみ》の責任者《せきにんしゃ》はアタイなんじゃ……。ねえ、花《はな》ちゃん、リーダーはアタイだよね」

後《うし》ろでなにやらブツブツ言《い》ってるけど、無視無視《むしむし》。

「ちぇ。……じゃあ、春《はる》がリーダーなら、アタイは隊長《たいちょう》でイイよ」

無視無視《むしむし》。どうでもいい。

「えーっ、いいなぁ、ドクパンちゃん。たいちょうってかっこいい。じゃあねぇじゃあねぇ、花《はな》ちゃんは、きゃぷてんになるねっ！」

花《はな》ちゃん……、さらにどうでもいいよ。

コホン。

「なにかお悩《なや》みや相談《そうだん》ごとがあるのなら、お聞《き》きしますよ。わたしたち三人《にん》と一匹《ぴき》も、じゅうぶんたよりになると思《おも》いますので」と、むねをはる。

これくらいの風呂敷《ふろしき》なら、広《ひろ》げてもバチはあたんないでしょ。

「たよりになるよぉ。隊長《たいちょう》のアタイが保証《ほしょう》するんだから」

「きゃぷてんもホショーするよ」

ドクパンと花《はな》ちゃんも、そろって得意《とくい》げな顔《かお》をする。

「そうですか。では、私《わたし》の用件《ようけん》をお聞《き》きください」

たのもしげなわたしたちの様子《ようす》に、ユキオさんは満足《まんぞく》げにうなずくと、イスに腰《こし》かけてかしこまった。

「私《わたし》は、今《いま》でこそこんなナリをしていますが、じつは三年《ねん》ほど前《まえ》まで、ふつうの姿《すがた》をしていたのです」

うん……。

たしかに今《いま》は『まとも』じゃないね。……おっと、失言《しつげん》。

「私《わたし》は雪一族《ゆきいちぞく》の中《なか》でも、名門中《めいもんちゅう》の名門《めいもん》の家《いえ》の出《で》なのですが、あろうことか三年前《ねんまえ》の今日《きょう》、ちょっとした誘惑《ゆうわく》に負《ま》けて、雪一族《ゆきいちぞく》の禁《きん》を破《やぶ》ってしまったのです」

「キンって、なぁに？」

花《はな》ちゃんがわたしの顔《かお》を見《み》あげる。

「『禁《きん》』っていうのは、やってはいけない約束《やくそく》ごとのことだよ。霊組《れいくみ》で言《い》えば、学校内《がっこうない》に落《お》ちているかわいいアクセサリーを、勝手《かって》にひろって持《も》ってきちゃダメ……ってやつかな」

「ふぅん」と、花《はな》ちゃんがうなずきながらドクパンを見《み》る。

ドクパンが素知《そし》らぬ顔《かお》でそっぽを向《む》く。

「――一族《いちぞく》の決《き》まりを破《やぶ》ったために、私《わたし》は雪一族《ゆきいちぞく》をたばねる雪《ゆき》の女王《じょおう》に、恐《おそ》ろしい『呪《のろ》い』をかけられてしまったのです。そのために今《いま》は……」

ユキオさんがうつむいて、おおきくため息《いき》をついた。

口《くち》から、みぞれまじりの冷気《れいき》がもれる。

あのぉ。

もうしわけないんですが、とても寒《さむ》いので、ため息《いき》つくときは、あっちむいてやってくださいな。

……ま、まぁでも。なるほどねぇ。

ユキオさんは、雪《ゆき》の女王《じょおう》さまの怒《いか》りをかって、こんなひどい姿《すがた》にされちゃったと言《い》うワケか。

しかし『呪《のろ》い』って……。おだやかでないね。

「ユッピーは、いったいなにをしたのぉ？」

ドクパンがえんりょなく、聞《き》きにくいことを尋《たず》ねてくれる。

「それは……、口《くち》に出《だ》すのもはばかられるのですが……」

ユキオさんは後悔《こうかい》の念《ねん》にたえかねるように、顔《かお》を伏《ふ》せ、ギリッと歯《は》を食《く》いしばった。

机《つくえ》の上《うえ》で両《りょう》こぶしをキュッとにぎりしめ、必死《ひっし》の思《おも》いで声《こえ》をしぼり出《だ》す。

「私《わたし》、こともあろうに、**冷凍《れいとう》あんまんをレンジでチンして、ホカホカにして食《た》べてしまったのです……っ！**」

……………………。

……あのぉ。

なんとも、コメントのしようがないんですけど。

一言《ひとこと》で言《い》わせてもらえれば、「どうでもいい」ですかね……。

「そんなことありませんっ」

ユキオさんが語気《ごき》を強《つよ》める。

「自分《じぶん》でしたこととはいえ、レンジで冷凍《れいとう》あんまんをチンして食《た》べるなど！　外道中《げどうちゅう》の外道《げどう》、雪《ゆき》一族《いちぞく》の道義《どうぎ》にもとる、恥《は》ずべき行為《こうい》なんですっ！」

そ、そうですか。ごめんなさい。

「じゃあ、ふだんはどうやって食《た》べてるんですか？」

「もちろん、冷凍庫《れいとうこ》から取《と》り出《だ》したてのカチンコチンを、そのままいただくのです。前歯《まえば》でガリガリとこそぎながら……」

ゾゾ――――ッ。

わわぁ、想像《そうぞう》しただけで、身体《からだ》の芯《しん》から震《ふる》えがくるよぉおー。

話《はなし》をもどそう。

「と、とにかく、雪《ゆき》の女王《じょおう》さまの『呪《のろ》い』のせいで、今《いま》、そういう姿《すがた》になっているということなんですね？」

「はい……」

ユキオさんが、いきなりそのおおきな目《め》にうるっと涙《なみだ》をうかべる。

「こんな……、こんな姿《すがた》になってしまって……、グスッ……、将来《しょうらい》を誓《ちか》いあった彼女《かのじょ》からも……、グスッ……、ふ、ふられてしまったのですぅ……」

そりゃ、まあ。

そんなふうになっちゃったら、ふられるわな。

わたしだって、たぶん、ふる。

ユキオさんはおおきくグスンとすすりあげると、弱々《よわよわ》しい声《こえ》でつづけた。

「私《わたし》をふった彼女《かのじょ》は……、あろうことか、冬将軍《ふゆしょうぐん》の彼女《かのじょ》になってしまったのです。グスッ。ああ、冬将軍《ふゆしょうぐん》……。くそっ、あいつの顔《かお》を思《おも》い出《だ》しただけで腹《はら》が立《た》つ！　すかした顔《かお》しやがって！　だいたい、いけ好《す》かないヤツなんだよ。イヤミで陰険《いんけん》で、プレゼントで女《おんな》の子《こ》の気《き》を引《ひ》くようなヤツで。超高級品《ちょうこうきゅうひん》の『凍玉《こおりだま》のブレスレット』に、彼女《かのじょ》はコロッといかれてしまって……。ああっ、く、くやしぃぃぃぃぃ――――っ」

一人地団駄《ひとりじだんだ》をふみふみ、机《つくえ》のうえにつっぷしてジェラシーの炎《ほのお》に身《み》を焦《こ》がすユキオさん。

ああ……。

ついさっき、ほんの一瞬《いっしゅん》でもこの人《ひと》に、ドキドキむねを高鳴《たかな》らせそうになった自分《じぶん》が、すこし恥《は》ずかしい。

ドクパンもげんなりした顔《かお》で、ユキオさんをひややかーに見《み》まもっている。

やれやれ。男《おとこ》の嫉妬《しっと》って……。

「ユキオさん。くやしいのはじゅうぶんわかったから、落《お》ちついて。話《はなし》を進《すす》めてよ」

「はっ……、あ、ああ。すみません。エヘン……。まあ、そういうわけで、とほうにくれた私《わたし》はこの三年間《ねんかん》、キリマンジャロの山頂近《さんちょうちか》くの洞穴《ほらあな》の中《なか》で一人《ひとり》、失意《しつい》の日々《ひび》を送《おく》っていたのです」

ふんふん。

「しかぁしっ！」

だぁっ！

いきなり大声出《おおごえだ》すから、びっくりしたぁ！

「しかし、あれから三年目《ねんめ》の今日《きょう》、雪《ゆき》の女王《じょおう》からお呼《よ》びがかかったのです。私《わたし》はすぐに雪《ゆき》の女王《じょおう》のもとに駆《か》けつけました。そして寛大《かんだい》なる雪《ゆき》の女王《じょおう》に許《ゆる》しをいただき、このいまいましい『呪《のろ》い』を解《と》く呪文《じゅもん》が書《か》かれた紙《かみ》の入《はい》った『冷封筒《れいふうとう》』を、受《う》けとったのです」

『冷封筒《れいふうとう》』……ですか？

『霊封筒《れいふうとう》』じゃないんですね。

「ま、まあ、よかったじゃん」

「それがちっともよくないんですっ！」

ユキオさんが気色《けしき》ばんで、わたしたちの方《ほう》に顔《かお》をぐいっと近《ちか》づけて怒鳴《どな》る。

ああっ、もうわかったから、いきなりおおきな声《こえ》を出《だ》すのはかんべんして……。

あと、その吐息《といき》。寒《さむ》いって！

「私《わたし》はしっかりと封《ふう》がされた『冷封筒《れいふうとう》』をもって、喜《よろこ》び勇《いさ》んで家路《いえじ》についたのですが、知《し》らず知《し》らずのうちに浮《う》かれていたのでしょう。ついうっかり、その封筒《ふうとう》を落《お》としてしまったのですよっ！」

ですよっ……って、わたしに力説《りきせつ》されてもこまりますけど。

「どこにおとしたの？」

花《はな》ちゃんが横《よこ》から口《くち》をはさむ。

「それが、このあさひ小学校《しょうがっこう》のプールなのです。プールの水《みず》が『冷封筒《れいふうとう》』の力《ちから》で、カチンコチンに凍《こお》ってしまって、取《と》り出《だ》すことができないんですよ」

しょぼんとしおれるユキオさん。

「……私《わたし》たち雪一族《ゆきいちぞく》は、水《みず》を凍《こお》らせたり、人《ひと》を凍《こご》えさせたりするのは得意中《とくいちゅう》の得意《とくい》なんですが、その逆《ぎゃく》、つまり氷《こおり》を溶《と》かしたり、あたためたりすることはできないのです」

ま、そうだろうね。

あんまんも、レンジでチンしたって言《い》ってたしね。

「それで、以前《いぜん》、私《わたし》の彼女《かのじょ》……いえ、元《もと》カノが『凍玉《こおりだま》』をプールに落《お》としてしまったとき、ここにおられた友花《ともか》さんが『護符《ごふ》』とやらを使《つか》って、取《と》り出《だ》してくれたと聞《き》いていましたもので……」

「えっ？　ひょっとしてユッピーの元《もと》カノって、雪女《ゆきおんな》の美雪《みゆき》さんなのぉ？」

ドクパンがスットンキョウな声《こえ》をあげる。

え？

ドクパン、お知《し》り合《あ》い？

「うん。アタイその事件《じけん》のとき、友花《ともか》からメッチャ怒《おこ》られちゃったんだからぁ」

ドクパンがうでを組《く》んで、不満《ふまん》げに口《くち》をとがらせる。

「でも、あのときは、こーり玉《だま》をかくしてたドクパンちゃんがわるいんだよ」

花《はな》ちゃんの悪意《あくい》のないツッコミに、ドクパンはまた、とぼけた表情《ひょうじょう》でそっぽを向《む》いた。

ふーん……。

友花先輩《ともかせんぱい》がこわいもの係《がかり》だったときに、雪女《ゆきおんな》がからんだ事件《じけん》があったってことか。

へへえ。あとで先輩《せんぱい》にくわしく聞《き》かせてもらおっと。

忘《わす》れないようにと『**必殺《ひっさつ》！　こわいもの係《がかり》　記録帳《きろくちょう》**』を取《と》り出《だ》して、さっとメモする。

ま、それはさておいて……。

わたしはユキオさんに向《む》きなおると、むねの名札《なふだ》から護符《ごふ》を一枚《まい》はがして手《て》に取《と》った。

「これが『護符《ごふ》』だよ」

「おおっ、これがウワサの！　ど、どうかお願《ねが》いします。それを使《つか》って『冷封筒《れいふうとう》』を……」

ユキオさんがぺこぺこと頭《あたま》をさげる。

「いいよ。あさひ小《しょう》としても、プールの水《みず》がずっと凍《こお》りっぱなしじゃあ、まずいしね」

わたしは花《はな》ちゃんを抱《だ》きかかえたまま、イスから立《た》ちあがった。

今《いま》、午後《ごご》四時《じ》をすこしばかりすぎたところ。

今日《きょう》は終業式《しゅうぎょうしき》で、学校《がっこう》は午前中《ごぜんちゅう》で終《お》わっている。校内《こうない》にのこる生徒《せいと》はほとんどいない。

「五時《じ》くらいになると日《ひ》が暮《く》れて、すぐに暗《くら》くなるから、今《いま》からみんなで行《い》って、ちゃっちゃと終《お》わらせましょ」

「わぁい」

花《はな》ちゃんが元気《げんき》に歓声《かんせい》をあげた。

15 雪《ゆき》と氷《こおり》のメロドラマ

霊組《れいくみ》の教室《きょうしつ》でかなり寒《さむ》い思《おも》いをしたので、校舎《こうしゃ》の外《そと》に出《で》てもさほど寒《さむ》く感《かん》じない。

とはいえ、陽《ひ》が落《お》ちるのも早《はや》いこの季節《きせつ》、夕方《ゆうがた》になったらいっきに冷《ひ》えこんでくるから、さっさと片《かた》づけよ。

人目《ひとめ》がないので、ドクパンと花《はな》ちゃんもいっしょにプールまでついてきた。

もちろんのことながら、ドクパンはニットの帽子《ぼうし》に、サングラスに、マスクに、コートに、手《て》袋《ぶくろ》、ブーツというお出《で》かけ着《ぎ》（と、言《い》うより変装着《へんそうぎ》）一式《いっしき》を身《み》につけてます。

さて。

だれにも見《み》とがめられることなくプールに着《つ》いたはいいけれど、入《い》り口《ぐち》にはしっかりと鍵《かぎ》がかかっていて中《なか》には入《はい》れない。

どうしようかな？

プールをぐるりと取《と》り囲《かこ》んでいる金網《かなあみ》を、ひょひょいと乗《の》り越《こ》えるような、おてんば、かつ、がさつなマネ、できないことはないけれど……。

「私《わたし》におまかせください」

ユキオさんがズイッと前《まえ》に進《すす》み出《で》て、さっと右《みぎ》うでを振《ふ》った。

ヒョウウウウウウッ

一陣《いちじん》の強《つよ》い風《かぜ》が、音《おと》を立《た》てて吹《ふ》きつけてくる。

枯《か》れ葉《は》や砂《すな》ぼこりが巻《ま》きあげられて、わたしたちを中心《ちゅうしん》にくるくると円《えん》を描《えが》く。

やがて、冷《つめ》たい風《かぜ》の渦《うず》がわたしたちの身体《からだ》をつつみこんだ……と思《おも》う間《ま》もなく、四人《にん》の身体《からだ》がふわり、宙《ちゅう》に浮《う》かんだ。

「わわぁっ」

花《はな》ちゃんが、悲鳴《ひめい》とも歓声《かんせい》ともつかない声《こえ》をあげる。

わたしたちはそのままヒュルルルルと風《かぜ》に乗《の》り、金網《かなあみ》をするりと飛《と》びこえ、見事《みごと》プールサイドへと着地《ちゃくち》した。

「おもしろかったぁ」

花《はな》ちゃんが大喜《おおよろこ》びする。

「すごいことができるんだね」

驚《おどろ》くわたしの顔《かお》を見《み》て、ユキオさんは得意《とくい》げにむねを反《そ》らした。

「いえいえ。これくらい、雪一族《ゆきいちぞく》の出《で》の者《もの》なら、朝飯前《あさめしまえ》ですよ」

さぁってと。

わたしはプールの縁《へり》にかがみこんで、プールの中《なか》をのぞきこんでみた。

うは……と、おもわず目《め》を見《み》はる。

プールの水《みず》がカチンコチンに凍《こお》っている。まるでスケートリンクのようだ。

ためしに水面《すいめん》をげんこつでコツコツたたいてみたけど、びくともしない。

「春《はる》さん。どうか、お願《ねが》いします」

ユキオさんが頭《あたま》をさげる。わたしは名札《なふだ》の裏《うら》から護符《ごふ》を一枚《まい》はぎとった。

「それじゃ、さっそくやってみますか」

わたしは立《た》ちあがると、右手《みぎて》に持《も》った護符《ごふ》を顔《かお》の前《まえ》にかざし、念《ねん》をこめるためにそっと目《め》を閉《と》じた。そのとき――。

ヒュオオォォォォオッ

ふいに、プールをはさんだむこう側《がわ》で、つむじ風《かぜ》が巻《ま》きあがった。

そして、女《おんな》の人《ひと》の声《こえ》が。

「ユキオさん。あなたここで、なにをしているの？」

だ、だれ……？

わたしたちはそろって、声《こえ》のするほうに視線《しせん》を集《あつ》めた。

その人《ひと》はいつのまにか、静《しず》かにそこに立《た》っていた。

ものすごい美人《びじん》だ。

長《なが》い黒髪《くろかみ》に、すきとおるような白《しろ》い肌《はだ》。スラリとした細《ほそ》い身体《からだ》に、まっ白《しろ》な着物《きもの》をまとっている。

ただ、切《き》れ長《なが》の目《め》から発《はっ》される、キンと凍《い》てつくような視線《しせん》が、ちょっとだけコワイ……。

いったい、何者《なにもの》……？

しかし、答《こた》えはすぐにわかった。

ユキオさんがその人《ひと》の名《な》を、おおきな声《こえ》で叫《さけ》んだのだ。

「み、美雪《みゆき》っ」

間髪《かんはつ》を容《い》れず、花《はな》ちゃんも「ああ、ほんとだぁ、みゆきちゃんだぁ」と、声《こえ》をあげた。

え？

美雪《みゆき》さん？

……ってことは、この人《ひと》が雪女《ゆきおんな》の美雪《みゆき》さんですか？

美雪《みゆき》さんはユキオさんの呼《よ》びかけに答《こた》えることなく、無言《むごん》のまま、プールの氷《こおり》の上《うえ》をまっすぐに歩《ある》いてきた。

まったく危《あぶ》なげない歩《ある》きっぷり。氷《こおり》の上《うえ》の移動《いどう》はお手《て》のモノ……って感《かん》じだ。

プールを横《よこ》ぎって、美雪《みゆき》さんがユキオさんの前《まえ》に立《た》つ。

元恋人同士《もとこいびとどうし》の二人《ふたり》が、静《しず》かにむかいあう。

「……み、美雪《みゆき》こそ、なぜここに……？」

いきなりの元《もと》カノ登場《とうじょう》に、ユキオさんはドギマギ感《かん》をかくせない。

美雪《みゆき》さんがそっと目《め》を伏《ふ》せる。

「あなたのことが……、心配《しんぱい》だったの。雪《ゆき》の女王《じょおう》に呼《よ》ばれて、どうなるのか……って。でも、あなたは、なかなか帰《かえ》ってこなくて」

「それは……」

ユキオさんが自信《じしん》なさげにわたしのほうをチラリと見《み》る。

いやいや、わたしの顔《かお》を見《み》られてもこまりますけど……。ま、ほんの少《すこ》し、助《たす》け船《ぶね》を出《だ》しますか。

「美雪《みゆき》さん、はじめまして。わたし、五年霊組《ねんれいくみ》こわいもの係《がかり》の高田春《たかだはる》です」

「あら、新《あたら》しいこわいもの係《がかり》さんですね」

美雪《みゆき》さんはかるく目《め》を見開《みひら》くと、わたしにむかって深々《ふかぶか》とお辞儀《じぎ》した。

うむ、なかなか礼儀正《れいぎただ》しい方《かた》だね。

「そのせつは、先代《せんだい》の友花《ともか》さんにいろいろとご迷惑《めいわく》をおかけしました。本当《ほんとう》にありがとうございました」

「いえいえ。友花先輩《ともかせんぱい》に伝《つた》えておきますね」

「――お前《まえ》、冬将軍《ふゆしょうぐん》は？　冬将軍《ふゆしょうぐん》とはどうなったんだ？」

ユキオさんがわたしたちの会話《かいわ》に割《わ》って入《はい》ってくる。

しかも、かなり単刀直入《たんとうちょくにゅう》。

か一っ、せっかちな男《おとこ》だねっ。だからふられるんだよっ……と、心《こころ》の中《なか》でつぶやく。

「彼《かれ》とは……、わかれたわ」

「わかれた？　ど、どうして？」

「わたし……、やっぱりあなたのことが忘《わす》れられなかったの」

「そ、そうなのか」

ユキオさんはほっと表情《ひょうじょう》をゆるませると、美雪《みゆき》さんの手《て》を取《と》ろうとした。

しかし、美雪《みゆき》さんはスッとかわしてあとずさり、ちいさく首《くび》をふる。

「でも……、でもあなたは、変《か》わってしまった」

ユキオさんは美雪《みゆき》さんに歩《あゆ》み寄《よ》ると、やや強引《ごういん》に、そのきゃしゃな両肩《りょうかた》を力強《ちからづよ》くつかんだ。

「いいや。オレは変《か》わっていない。オレはずっと……、ずっと……、美雪《みゆき》、お前《まえ》のことを愛《あい》していたっ」

おやおや。いつの間《ま》にか、自分《じぶん》のことを『オレ』って、言《い》ってら。

「でも、あなたはもう、あなたではないわ。雪一族《ゆきいちぞく》の禁《きん》をおかし、雪《ゆき》の女王《じょおう》に呪《のろ》われて……」

美雪《みゆき》さんの目《め》に、キラリと美《うつく》しく光《ひか》るものが。

「そう、ユキオさん！　わたしたちはもう、あのころにはもどれないのっ。二人《ふたり》で笑《わら》いあった輝《かがや》いていたあの時間《じかん》にはっ！」

「み、美雪《みゆき》いいいっ！」

ユキオさんの悲痛《ひつう》な叫《さけ》び声《ごえ》が、真冬《まふゆ》の冷《つめ》たい風《かぜ》に混《ま》じって響《ひび》きわたる。

ヒュウウウウウ……

その風《かぜ》の音《おと》はまるで、愛《あい》に飢《う》え、愛《あい》に疲《つか》れ果《は》てた二人《ふたり》の心《こころ》が奏《かな》でたかのごとく、見《み》ている者《もの》の心《こころ》を深《ふか》くうったのでありました。はぁー、べんべん。

……って。

あのぉ……。

なんなんですかね、この、安《やす》っぽいメロドラマのような展開《てんかい》は……。

ややゲンナリ気味《ぎみ》のわたしがちいさくため息《いき》をもらすと、花《はな》ちゃんも、なんともいえないようなシブーい表情《ひょうじょう》で、わたしを見《み》あげた。

感《かん》じていることは同《おな》じようだ。二人同時《ふたりどうじ》におおきく息《いき》をはきだす。

まったく。自分《じぶん》たちの境遇《きょうぐう》に酔《よ》って楽《たの》しんでるのは、この二人《ふたり》だけじゃんっ！

……と、思《おも》ったら。いや、ちがう。

もう一人《ひとり》、楽《たの》しんでるヤツがいたっ！

「ああん、もうっ！　アタイ、ハラハラしちゃうぅぅ」

わたしのすぐそばで、ドクパンがうっとりと顔《かお》を赤《あか》らめながら、身《み》をよじってました。

はいはい。

そっちのすみっこで、ハラハラでもチャラチャラでもしときなさい。

わたしと花《はな》ちゃんのうんざりゲンナリした思《おも》いは、カンペキに放置《ほうち》され、雪一族一座《ゆきいちぞくいちざ》による猿《さる》芝居《しばい》……、おっと失礼《しつれい》、愛《あい》と憎悪《ぞうお》のメロドラマは、勝手《かって》に展開《てんかい》していく。

「──ちがうんだ美雪《みゆき》、聞《き》いてくれ。オレは今日《きょう》、女王《じょおう》の怒《いか》りをといた。雪《ゆき》の女王《じょおう》に許《ゆる》してもらったんだよ」

「まぁ、どうやって？」

「雪《ゆき》の女王《じょおう》の前《まえ》で、冷凍《れいとう》あんまん九十九個《こ》を、イッキ食《ぐ》いしたんだっ！」

……。

えーっと。

そろそろ、コメントするのもバカバカしいんですけど……。

そんなんで許《ゆる》してもらえる『雪一族《ゆきいちぞく》の禁《きん》』って……、どうよ？　チャンネル変《か》えて、いいですか？　裏番組《うらばんぐみ》のほうがおもしろそう。えーっと、

テレビのリモコンはどこ行《い》った？

「本当《ほんとう》？　ほんとうに？　じゃあ……、また以前《いぜん》のあなたに、もどれるのねっ」

「ああっ、そうだとも。美雪《みゆき》……、この何年《なんねん》かの間《あいだ》、お前《まえ》にはつらく、悲《かな》しい思《おも》いをさせてしまったな」

ユキオさんは両手《りょうて》でやさしく美雪《みゆき》さんの両頬《りょうほほ》をつつみこむと、親指《おやゆび》で美雪《みゆき》さんの目《め》に浮《う》かぶ涙《なみだ》をそっとぬぐった。

「ああ……、ユキオ……」

美雪《みゆき》さんが感極《かんきわ》まって、声《こえ》を震《ふる》わせる。

「ううん、ちがうよね。みゆきちゃんは、ふゆしょうぐんさんとデートするんだって、ウキウキルンルンって、とってもよろこんでたよね……」

花《はな》ちゃんが、ポソッとよけいなことを言《い》う。

わたしはあわててその口《くち》をふさいだ。

「……ふが、ふが」

「いいんだよ、花《はな》ちゃん。こーゆー男《おとこ》と女《おんな》の関係《かんけい》ってのは、いろいろ事情《じじょう》があるんだから」

幸《さいわ》いなことに、花《はな》ちゃんのＮＧな発言《はつげん》は、自分《じぶん》たちに酔《よ》っている二人《ふたり》の耳《みみ》には入《はい》らなかったようで。

以下《いか》とどまることなく、ベタベタな展開《てんかい》がつづいていく。

「美雪《みゆき》。もとの姿《すがた》にもどれたそのあかつきには、オレはお前《まえ》にプロポーズする。そして、そしてもうお前《まえ》を離《はな》さない、一人《ひとり》にしない、悲《かな》しませない。きっと、きっと幸《しあわ》せにするっ」

「ああっ、ユキオっ！」

ガバッとだきあう二人《ふたり》。

これがテレビドラマなら、ここでクライマックスのＢＧＭが流《なが》れ、それから次回予告《じかいよこく》につながるところですけどね。リモコンはどこ？　座布団《ざぶとん》の下《した》かなぁ……？

「キャ――ッ！！！　スス、ス・テ・キィィ―――ッ！！！」

興奮《こうふん》のあまり、奇声《きせい》を発《はっ》しながらドクパンがプールに倒《たお》れこんだ。

そのまま身《み》もだえしつつ、氷《こおり》の上《うえ》を、ツ――ッとむこう岸《ぎし》へすべっていく。

ヒュオオオオオオオオ……

ふたたび、強《つよ》い寒風《かんぷう》がわたしたちのまわりでおおきく渦《うず》を作《つく》り、雪《ゆき》が舞《ま》う。

ユキオさんと美雪《みゆき》さん、二人《ふたり》の感情《かんじょう》が最高潮《さいこうちょう》に達《たっ》し、吹雪《ふぶき》を巻《ま》きおこしたのだ。

だ……だあぁぁあっ……、さ、さむいいいいひぃいいい……。

もう……。

もうっ、いいかげんにしてくれぇぇぇっ！

いったいなんなんだ、この展開《てんかい》はっ！！！

だんだんムカムカしてきた。

ああ、もうさっさと終《お》わらせて、さっさと帰《かえ》ってもらいましょ！　そうしましょっ！

わたしは吹《ふ》きつける雪《ゆき》をガードしつつ、凍《こご》えてかじかむ右手《みぎて》に護符《ごふ》をにぎりしめた。

念《ねん》をこめ、そのままさっと宙《ちゅう》に舞《ま》わせる。

「護符《ごふ》よ、氷《こおり》を溶《と》かせ！　『冷封筒《れいふうとう》』を主《あるじ》のもとへ！」

護符《ごふ》がふわりとプールの氷《こおり》の上《うえ》に落《お》ち、同時《どうじ》にまばゆいばかりの光《ひかり》をはなった。

ジュワン！

いっきに氷《こおり》が溶《と》ける。

プールの水面《すいめん》が風《かぜ》にあおられて、チャプチャプとしずかに波《なみ》うちはじめる。

ドボン！

なにかが水《みず》に落《お》ちる音《おと》。

「だ、だれか……、助《たす》けてぇぇぇ。アタイ、泳《およ》ぎは苦手《にがて》なのよぉ……」

ドクパンがバシャバシャと両手《りょうて》を振《ふ》りまわしながら、助《たす》けを求《もと》める。

あ、しまった。ドクパンが氷《こおり》の上《うえ》にいたんだっけ。まったく、世話《せわ》の焼《や》けることだね。

「おーい、ドクパン。これ小学校《しょうがっこう》のプールだからね、あんたの身長《しんちょう》なら余裕《よゆう》で足《あし》がつくよ」

「……ん？　……あれ、ホントだぁ。はやく言《い》ってよ、春《はる》」

んなこと言《い》われましても。

……てなことをやっているうちに、水《みず》の中《なか》から『冷封筒《れいふうとう》』が姿《すがた》を現《あらわ》す。

ふわふわと宙《ちゅう》を舞《ま》い、ユキオさんのもとへ。

ユキオさんはスッと手《て》を伸《の》ばして、冷封筒《れいふうとう》をしっかりとつかんだ。

そのままギュッと目《め》を閉《と》じ、冷封筒《れいふうとう》を持《も》った右手《みぎて》を、高々《たかだか》と頭上《ずじょう》にかかげる。

「天《てん》に輝《かがや》く夜空《よぞら》の星《ほし》よっ！」

空《そら》にむかって雄《お》たけびをあげる。

「夜空《よぞら》の一番星《いちばんぼし》にオレは誓《ちか》う。もう離《はな》さない。この冷封筒《れいふうとう》も、そして愛《あい》する美雪《みゆき》も、ぜったいに離《はな》さないっ！」

あきらかに自分《じぶん》に酔《よ》っていると言《い》いますか……。

なんでこう、とことん芝居《しばい》じみてるのかね。だいたい、まだ一番星《いちばんぼし》なんか出《で》てませんけどっ。

ま、でも男子《だんし》は、これぐらいクサいセリフを吐《は》いたほうが、恋《こい》する女子《じょし》に受《う》けがいいのかな？

「ああん、ユキオ……、ううん、ユッピーっ！　わたしっ、わたし……」

「キャー。アタイ、もうたまんないっ！」

そして、ムダにしびれている乙女《おとめ》が二人《ふたり》（一人《ひとり》はプールの中《なか》で、チャプチャプ波《なみ》にうたれておりますが……）。

わたしは花《はな》ちゃんと、もう一度《いちど》視線《しせん》を交《か》わした。

そして、たぶんこれまでの人生《じんせい》で一番《いちばん》の、おおきなため息《いき》をもらしたのでした。

はぁ……。

もう、いいってば。

この三人《にん》、めんどくさっ！

16 呪《のろ》いが解《と》けたら

ユキオさんは、ややもったいつけながら、静《しず》かに『冷封筒《れいふうとう》』の封《ふう》をきり、中《なか》の手紙《てがみ》を取《と》り出《だ》して、広《ひろ》げた。

その場《ば》にいる全員《ぜんいん》が、いっせいにユキオさんの手《て》もとをのぞきこむ。

雪《ゆき》の女王《じょおう》の呪《のろ》いを解《と》く方法《ほうほう》は、
愛《あい》し愛《あい》される者《もの》から
右《みぎ》のほっぺにキスしてもらうことよ♥

……なんだこりゃ？

まあ古今東西《ここんとうざい》、おとぎ話《ばなし》でも童話《どうわ》でも、呪《のろ》いを解《と》くのは「王子《おうじ》さまやお姫《ひめ》さまの熱《あつ》いキス」ってのが、定番《ていばん》ではあるけどね。

『白雪姫《しらゆきひめ》』とか『眠《ねむ》れる森《もり》の美女《びじょ》』とか。

どうでもいいけど、最後《さいご》のハートマークはなんなんですかね？

「……ああ、もう……、たまんない。梅《うめ》Ｐが呪《のろ》われてくれないかなあぁぁ……。そしたらアタイが……、キキキキキキ、キスを……、あぅぅ……」

ドクパンはプールの縁《へり》にへたりこんで、一人《ひとり》クネクネと身《み》をよじると、お得意《とくい》の『妄想《もーそー》＆《アンド》暴走《ぼーそー》』モードに突入《とつにゅう》した。

……もう、こいつはほっとこう。

さて。

「ほらほら美雪《みゆき》さん。ユキオさんのほっぺに、チューしろってさ」と、うながしてみる。

「ええ？　そんなぁ。いやだわ、わたし、はずかしい」

「そ、そうですよ。いきなりそんなこと言《い》われても……」

当事者二人《とうじしゃふたり》が赤《あか》い顔《かお》をして、もじもじと照《て》れている。

ああっ、もう！

こちとら、あんたたちのチューなんか、べつにどうでもいいんですけど、だんだんまわりは暗《くら》くなるし、寒《さむ》くなるし……。

はやく家《いえ》に帰《かえ》りたいんで、ちゃっちゃとお願《ねが》いしますわ。

「ええ〜、だってぇ……、でもぉ……」もじもじ。

「その、あー、なんというか……、お、オホン……」うだうだ。

「おはやく、お願《ねが》いしますっ」いらいら。

「チューウ、チューウ……」

ドクパンの「チュー」コール（手拍子《てびょうし》つき）がかかる。

さんざん、ぐじぐじぐだぐだしたあと、ようやく二人《ふたり》は意《い》を決《けっ》してくれた。

「じゃ、じゃあ、いくね♥　ユッピー」

「あ、ああ、いいよ、美雪《みゆき》」

顔《かお》をほんのり赤《あか》らめたユキオさんが、すこしかがんで、目《め》を閉《と》じる。

ユキオさんの右肩《みぎかた》に両手《りょうて》をかけて、少《すこ》しだけ背《せ》のびした美雪《みゆき》さんが、ユキオさんのほっぺに、そっとくちびるをよせる。

目《め》を皿《さら》のようにして、二人《ふたり》の様子《ようす》を見《み》まもるドクパンと花《はな》ちゃん。

……あ、花《はな》ちゃん。意外《いがい》と、こーゆーのには興味《きょうみ》があるんだね。

え？　わたし？

わたしはキョーミないよ。いやホントホント。キョーミなし。

……ホントだってば！

ちゅ♥

キスの音《おと》。

そして、ユキオさんの身体《からだ》が一瞬《いっしゅん》にして白《しろ》い煙《けむり》につつまれた。

ああー、そうそう。

呪《のろ》いが解《と》けて、もとの姿《すがた》にもどるときってのは、だいたいこんな感《かん》じの演出《えんしゅつ》だよね。マンガでもテレビでも。

さあって、いよいよユキオさんの本当《ほんとう》の姿《すがた》が現《あらわ》れるってワケか……。

さすがに、わたしのむねもドキドキしてくる。

みなが固唾《かたず》をのんで見《み》まもる中《なか》、ユキオさんのまわりにモヤモヤとただよっていた白煙《はくえん》が、風《かぜ》に流《なが》されて、すこしずつ霧散《むさん》してゆく。

白《しろ》くかすんだもやの中《なか》に、ぼんやりと浮《う》かびあがる人影《ひとかげ》。

やがて本当《ほんとう》のユキオさん……の……、ユキ……オ……さん……の……。

え……？　えっ？　あれれれれっ？

こここここ、コレ、どういうこと？

わたしは両手《りょうて》で、自分《じぶん》の目《め》をゴシゴシとこすった。

何回《なんかい》も何回《なんかい》も！

それほどに、目《め》の前《まえ》でおこっていることが信《しん》じられなかった。

それは、霊組《れいくみ》のメンバーも同《おな》じだった。

ドクパンも花《はな》ちゃんも、予想外《よそうがい》の展開《てんかい》に口《くち》をあんぐりと開《あ》けたまま、立《た》ちつくしていた。

なんとっ！

なんとなんとなんとっ！

じょじょにうすれゆく煙《けむり》の中《なか》から姿《すがた》を現《あらわ》したのは……。

頭《あたま》から足《あし》の先《さき》まで全身《ぜんしん》をびっしりとおおいつくす、銀色《ぎんいろ》の長《なが》い毛《け》なみはそのまま……なんだけど。

今《いま》までの、スラリとしたモデル体型《たいけい》から一転《いってん》。

その身体《からだ》つきはずんぐりむっくり、やや猫背気味《ねこぜぎみ》でゴツゴツとなってしまっていたのだ。

そのうえ足《あし》は短《みじか》く、がに股《また》で、頭《あたま》のてっぺんの毛《け》はハゲていて。

いや、それよりなにより顔《かお》が……顔《かお》が……。

ええい。もうこのさい、シツレーを承知《しょうち》でハッキリ言《い》っちゃうけど……。

まんま『ゴリラ』だっ。

そう、白《しろ》いゴリラ。

つまりは、その手《て》の本《ほん》なんかでよく見《み》かける『雪男《ゆきおとこ》』『イエティ』のイメージ、そのまんまの姿《すがた》になってしまったのだっ。

うひゃあ……。

あまりの展開《てんかい》に、言葉《ことば》が出《で》ない。

呪《のろ》いが解《と》けるどころの話《はなし》じゃない。いやむしろ、ますます悪《わる》くなってしまっている。

これ、どういうこと？

もしかして雪《ゆき》の女王《じょおう》さまの怒《いか》りはおさまっていなかった……って、ことなの？

「きやあぁぁぁっ」

空気《くうき》を切《き》り裂《さ》くような悲鳴《ひめい》が、鼓膜《こまく》をつらぬく。

さけび声《ごえ》をあげたのはもちろん美雪《みゆき》さん、その人《ひと》だった。

両手《りょうて》をほおにあてて、おおきく目《め》を見開《みひら》き、口《くち》もとをわなわなとふるわせている。

「あ……あ、あぁ……」と、言葉《ことば》が出《で》ない。

うーむむ。そりゃそうだよね。

愛《あい》するカレ氏《し》の呪《のろ》いが解《と》けるどころか、こんなになっちゃったら、だれでもショックだよね。

まさに最悪《さいあく》の展開《てんかい》ってやつ？　同情《どうじょう》を禁《きん》じ得《え》ないよ。

「ふぅ……」

ここでピリッとつぶやいときますか。

わたしは首《くび》を横《よこ》にちいさく振《ふ》りながら、こきざみにうち震《ふる》えている美雪《みゆき》さんの肩《かた》に、そっと手《て》をかけた。

「美雪《みゆき》さん。イギリスの劇作家《げきさっか》、ウィリアム・シェイクスピアはこう言《い》ってるよ。『**最悪《さいあく》と言《い》っているうちは、まだ最悪《さいあく》ではない**』……って。とにかく今《いま》は落《お》ちついて、これからどうするかを、みんなで考《かんが》え――」

しかし、わたしの言葉《ことば》が終《お》わらないうちに、美雪《みゆき》さんはわたしの手《て》を払《はら》いのけて、まっすぐにユキオさんに駆《か》けよった。

そして、そのいきおいのまま、ユキオさんの太《ふと》い首《くび》に両《りょう》うでをまきつけると、ギュッとだきしめる。

「ああっ、やっと……、やっと、あのころのあなたに、もどれたのねっ」

……。

へ……？　今《いま》、なんと？

「ウホウホ、うほぉぉーっ」

完全《かんぜん》にゴリラ……、いやいや、雪男《ゆきおとこ》と化《か》したユキオさんが、美雪《みゆき》さんの細《ほそ》い身体《からだ》をだきあげて、歓喜《かんき》の雄《お》たけびをあげる。

え……？

え？　ど、どういうこと？

なんだか頭《あたま》の中《なか》がうまく整理《せいり》できない。

……えーと、あのぉ……。美雪《みゆき》さん。

もしかして、もしかすると、ひょっとして……なんですが。

これが正真正銘《しょうしんしょうめい》、ユキオさんのもともとの姿《すがた》なんでしょうか？

「ええ、見《み》てくださいな。この太《ふと》くたくましい両《りょう》うでに、厚《あつ》い胸板《むないた》。野性味《やせいみ》あふれるするどい眼光《がんこう》に、男《おとこ》らしさ満点《まんてん》のおおきくて分厚《ぶあつ》いくちびる。ああん、すてきぃっ」

「ウホホ、ウホーッ」

美雪《みゆき》さんの言葉《ことば》を受《う》けて、ユキオさんは両《りょう》うでをおおきく振《ふ》り、むねをドンドコドンとドラミング。

う、うーむむむ。

人《ひと》は人《ひと》。

十人《じゅうにん》十色《といろ》。

たで食《く》う虫《むし》も好《す》き好《ず》き。

他人《たにん》の好《この》みにアレコレ意見《いけん》する気《き》は、まったくないんだけど、わたしの好《この》み……というより、人《にん》間《げん》の視点《してん》から言《い》わせてもらえれば、さっきまでの呪《のろ》われたユキオさんのほうが、かなり良《よ》かったような気《き》がする。

なんともはや……。

雪一族《ゆきいちぞく》のみなさんとわたしたちとはかなり、美《び》意識《いしき》というか、かっこよさのとらえ方《かた》に差《さ》があるようだ。

「春《はる》さん、ありがとうございました」

「ウホほ、うほウホッ」

手《て》に手《て》を取《と》りあって喜《よろこ》びあっていた二人《ふたり》が、ようやく落《お》ちつきを取《と》りもどして、礼《れい》を言《い》う。

「いえいえ。どういたしまして」

ようやく一件落着《いっけんらくちゃく》だね。

「わたしたち、これから霊組《れいくみ》に寄《よ》らせてもらってよろしいかしら。ひさしぶりだから、鏡子《きょうこ》にあいさつしたいので……。あらためて、わたしのカレ氏《し》を紹介《しょうかい》したいし……」

美雪《みゆき》さんがほおを赤《あか》らめて、はにかむ。

あっ、そうか。

美雪《みゆき》さんは鏡子《きょうこ》さんがいなくなったこと、知《し》らないんだ。

わたしはかくかくしかじか、これまでのできごとについて手《て》みじかに説明《せつめい》して聞《き》かせた。

「……ってなわけで、いろいろ調《しら》べたり、人《ひと》にたのんで、アテをさがしたりしているんですけど、なかなかいい情報《じょうほう》がないので、こまってるんです」

「まあ、そうだったんですの……」

驚《おどろ》きの表情《ひょうじょう》でそうつぶやいて、しばらくの間考《あいだかんが》えこんでいた美雪《みゆき》さんは、すぐに顔《かお》をあげると、わたしに言《い》った。

「わかりました。鏡子《きょうこ》のこと、わたしから雪《ゆき》の女王《じょおう》に話《はな》しておきます。雪《ゆき》の女王《じょおう》から、鏡《かがみ》の女王《じょおう》に伝《つた》えてもらうこととしましょう」

…………………………。

……へ？

い、今《いま》、なんとおっしゃいました？

雪《ゆき》の女王《じょおう》から鏡《かがみ》の女王《じょおう》に……って、聞《き》こえたような気《き》がしましたけど……。

美雪《みゆき》さんがおおきくうなずく。

「雪一族《ゆきいちぞく》をたばねているのが『雪《ゆき》の女王《じょおう》』であるように、鏡《かがみ》の精《せい》や鏡《かがみ》の妖怪《ようかい》などを統率《とうそつ》しているのが、鏡《かがみ》の国《くに》の『鏡《かがみ》の女王《じょおう》』なのです」

うんうん。

「その二人《ふたり》、同《おな》い年《どし》で仲《なか》がいいんですよ。年《ねん》に一回開《かいひら》かれる『**アラフォークィーン会《かい》**』の飲《の》み友《とも》だちですから」

ん……。

なんだか、頭痛《ずつう》がしそうな説明《せつめい》がつづくね。

「クィーン会《かい》って……、いわゆる『女子会《じょしかい》』みたいなものですか？」

「ええ。人間界《にんげんかい》の言葉《ことば》で言《い》えば、そういうものですね。女王《じょおう》だけが集《あつ》まる飲《の》み会《かい》です。トランプの女王《じょおう》や花《はな》の女王《じょおう》なんかも、そのメンバーだと聞《き》いています」

「そ、そうなんですか。しかもアラフォーって……。鏡《かがみ》の女王《じょおう》さまも雪《ゆき》の女王《じょおう》さまも、お二人《ふたり》そろって四十歳前後《さいぜんご》……ってことなんですね？」

「いいえ、とんでもない、桁《けた》がちがいます」

美雪《みゆき》さんがクスッと笑《わら》う。

「四百歳《さい》ですわ。たしかお二人《ふたり》とも、今年《ことし》で四百十二歳《さい》だったと思《おも》います。いつもお酒《さけ》を飲《の》みながら、『最近《さいきん》の若《わか》いもんはどうだ……』とか、『雪《ゆき》の降《ふ》らせかたがなってない……』とか、『鏡《かがみ》の精《せい》たちの行儀作法《ぎょうぎさほう》が乱《みだ》れている……』とか、グチこぼしてますのよ」

……なんだ？　そのミョーに人間《にんげん》くさい会話《かいわ》はっ。

「ちなみに雪《ゆき》の女王《じょおう》は、わたしの叔母《おば》になりますの。だから……」

美雪《みゆき》さんが横目《よこめ》でチラリと、ユキオさんの顔《かお》を見《み》る。

「かわいい姪《めい》っ子《こ》のカレ氏《し》には、ちょっと厳《きび》しくて……」

「じゃ、じゃあ美雪《みゆき》さん！　お願《ねが》いします」

わたしは美雪《みゆき》さんの手《て》を取《と》って、頭《あたま》をさげた。

ひゃっ、美雪《みゆき》さんの手《て》、冷《つめ》たっ！

「雪《ゆき》の女王《じょおう》さまにたのんで、鏡《かがみ》の女王《じょおう》さまに聞《き》いてみてください。鏡子《きょうこ》さんが今《いま》どうなっているのか、どうすれば霊組《れいくみ》にもどってこられるのか、教《おし》えてくださいって。お願《ねが》いしますっ」

「アタイからもお願《ねが》い」

「花《はな》ちゃんもおねがい」

そばで話《はなし》を聞《き》いていた二人《ふたり》も、いっしょに頭《あたま》をさげる。

美雪《みゆき》さんはにっこりとほほえんだ。

「わかりました。このことはちゃんと雪《ゆき》の女王《じょおう》に伝《つた》えておきます。約束《やくそく》しますね」

「「「ありがとうございます」」」

三人《にん》の声《こえ》が重《かさ》なる。

「では、わたしたちはこれで失礼《しつれい》します。行《い》こっ、ユッピー♥」

「ウッほッホ♥」

美雪《みゆき》さんとユキオさんがピタリとよりそって、うでを組《く》むと……。

ヒュオオオオオオォォォォォォッ

雪《ゆき》まじりの風《かぜ》がふぶいた。

「さよなら……」との言葉《ことば》をのこし、二人《ふたり》の姿《すがた》が目《め》の前《まえ》から消《き》える。

ふぅ……。

なんだか、トンデモない事件《じけん》だったね（っつーか、そもそもこれって『事件《じけん》』ですかね？）。

でも。

でもでもでもっ。

八方《はっぽう》ふさがりだった鏡子《きょうこ》さんのこと、ほんのすこしだけ手《て》がかりができた。

そう考《かんが》えると、むねが熱《あつ》くなる。

なんとか、なんとかわたしがこわいもの係《がかり》である間《あいだ》に、鏡子《きょうこ》さんを霊組《れいくみ》に連《つ》れもどすんだ。

やるぞぉっ！

わたしは冷《つめ》たい風《かぜ》が吹《ふ》きつける「は……、は、はっくしょん」プールサイドで「くしょん」、決意《けつい》を新《あら》たに「は、はくしょん」したのでした。

あぁあ、さむぅううつ。

「くしょん！」

あとがき

のっけから、とんでもない展開《てんかい》となりました今回《こんかい》の五年霊組《ねんれいくみ》こわいもの係《がかり》。

たぶん、五年霊組《ねんれいくみ》四十六年間《ねんかん》の歴史《れきし》の中《なか》で、三本《ぼん》の指《ゆび》に入《はい》る大事件《だいじけん》ではないでしょうか（あとの二つがどんなものか、考《かんが》えちゃいませんが）。

ただ、最後《さいご》の四年霊組《ねんれいくみ》こわいもの係《がかり》――友花《ともか》のときに、初《はじ》めは「花子《はなこ》＋鏡子《きょうこ》」の二人《ふたり》だけだったメンバーが、途中《とちゅう》で「ドクパン」最後《さいご》で「わんころべぇ」が仲間入《なかまい》りして、あれよあれよという間《ま》に三人《にん》＋一匹体制《ぴきたいせい》となったのですから、それを考《かんが》えると、過去《かこ》に「霊組《れいくみ》メンバーの加入《かにゅう》・脱《だっ》退《たい》」があった、つまり「新《あたら》しく仲間《なかま》になった者《もの》」そして「霊組《れいくみ》を去《さ》って行《い》った者《もの》」がいたとしても、不思議《ふしぎ》ではありませんよね。

となれば、「鏡子《きょうこ》」がいなくなることも、決《けっ》して特別《とくべつ》なことではないし、「絶対《ぜったい》あってはならないこと、絶対起《ぜったいお》こりえないこと」ではない……と、言《い》えると思《おも》います。

……って、なんか冷《つめ》たい感《かん》じになっちゃいましたが、ぼくが鏡子《きょうこ》のことを毛嫌《けぎら》いしていて、

「ええい、いなくなっちゃえ、あはは」と思《おも》って書《か》いた——なんてことは、これっぽっちも、みじんも、一ミリたりともありませんので、誤解《ごかい》のないように。たぶん、どの作者《さくしゃ》さんも同《おな》じだと思《おも》いますが、自分《じぶん》が作《つく》り出《だ》したキャラクターって、自分《じぶん》の子《こ》ども、さらに言《い》えば自分《じぶん》の分身《ぶんしん》みたいなものですから、それがどんな悪役《あくやく》であっても、嫌《きら》いになったりはしないと思《おも》うんですよ（だから、鏡子《きょうこ》ファンは苦情《くじょう》の手紙《てがみ》、送《おく》らないでね♥）。

けど、こうなってくるとつらいのは残《のこ》されたメンバーということになるのですが、この苦難《くなん》も、春《はる》ならきっと乗《の》りこえ克服《こくふく》していくものと、ぼくは信《しん》じています。

なぜ、そう言《い》いきれるのか？

春《はる》がおおらかで、かしこい女《おんな》の子《こ》だからか？　うん、それもあります。

春《はる》が度胸満点《どきょうまんてん》で、物怖《ものお》じしない女《おんな》の子《こ》だからか？　うんうん、それもあります。

でも、それよりももっと、たしかなことが一つ、あるじゃないですか。

そう、友花《ともか》ですよ、友花《ともか》。

春《はる》の後《うし》ろにいるのは、あの史上最強《しじょうさいきょう》のこわいもの係《がかり》、レジェンド豊川友花《とよかわともか》なんですよ！

友花《ともか》が柳田優香《やなぎだゆうか》から、そして三木麗子《みきれいこ》からそうしてもらったように、きっと友花《ともか》も春《はる》とその愉快《ゆかい》な仲間《なかま》たちにいっぱいの勇気《ゆうき》と元気《げんき》をあたえて、そしてそれを力《ちから》にして、春《はる》たちは上《うえ》を向《む》いて、前《まえ》に進《すす》んでいくことになると思《おも》うんですよ。
この脈々《みゃくみゃく》と連鎖《れんさ》していく強《つよ》い絆《きずな》こそが、こわいもの係《がかり》の最大《さいだい》の武器《ぶき》なのですからね。
春《はる》は「自分《じぶん》がこわいもの係《がかり》でいる間《あいだ》に、なんとかして鏡子《きょうこ》をあさひ小《しょう》へ連《つ》れもどす」と決意《けつい》しています……が、はてさて、どうなりますでしょうか。つづきは次巻《じかん》にて。では。

床丸《とこまる》　迷人《まよと》

追伸《ついしん》1
余談《よだん》ではありますが、本作《ほんさく》に出《で》てくる『雪《ゆき》の女王《じょおう》』なる人物《じんぶつ》は、某大《ぼうだい》ヒットアニメ映画《えいが》の「あの人《ひと》」とは一切関係《いっさいかんけい》ないので、変《へん》な期待《きたい》はしないでね。つまり、サン・ジェルマン伯爵《はくしゃく》が言《い》うところの、パラレルワールド（並行世界《へいこうせかい》）ですよ。あっちはあっち、こっちはこっち！

追伸《ついしん》2
いちおう、もう一回《かい》言《い》っておくけど、鏡子《きょうこ》ファンは苦情《くじょう》の手紙《てがみ》を送《おく》っちゃダメだよ♥
泣《な》くよ！　意外《いがい》と打《う》たれ弱《よわ》いんだからっ！

☆床丸迷人先生《とこまるまよとせんせい》へのお手紙《てがみ》は、角川《かどかわ》つばさ文庫編集部《ぶんこへんしゅうぶ》までどうぞ！
〒102―8078　東京都千代田区富士見《とうきょうとちよだくふじみ》1―8―19
株式会社《かぶしきがいしゃ》ＫＡＤＯＫＡＷＡ　角川《かどかわ》つばさ文庫編集部《ぶんこへんしゅうぶ》　床丸迷人先生《とこまるまよとせんせい》

角川つばさ文庫

床丸迷人／作

宮崎県在住。さそり座Ａ型。「四年霊組こわいもの係」で第１回角川つばさ文庫小説賞一般部門大賞を受賞してデビュー。霊感はゼロ。高校時代に、見える人から「背後に２匹、カメの霊がついている」と言われ、かなりビビる。原稿を書くのがおそいのは、そのカメの「のろい」のせいだと思っている。

浜弓場 双／絵

兵庫県出身の漫画家・イラストレーター。コミックスの代表作は「ハナヤマタ」シリーズ（芳文社）。ライトノベルの挿絵などでも活躍中。

角川《かどかわ》つばさ文庫《ぶんこ》　Aと2-5

五《ご》年《ねん》霊《れい》組《くみ》こわいもの係《がかり》④

春《はる》、鏡《かがみ》を失《うしな》う。

作《さく》　床丸迷人《とこまるまよと》
絵《え》　浜弓場《はまゆみば》 双《そう》

2015年２月15日　初版発行
2018年７月３日　12版発行

発行者　郡司 聡
発　行　株式会社KADOKAWA
〒102-8177　東京都千代田区富士見 2-13-3
03-3238-8521（カスタマーサポート）
http://www.kadokawa.co.jp/
印　刷　暁印刷
製　本　BBC
装　丁　ムシカゴグラフィクス

ISBN978-4-04-631446-8　C8293　　N.D.C.913　242p　18cm

読者のみなさまからのお便りをお待ちしています。下のあて先まで送ってね。
いただいたお便りは、編集部から著者へおわたしいたします。

〒102-8078　東京都千代田区富士見 1-8-19　角川つばさ文庫編集部

第2回 角川《かどかわ》つばさ文庫《ぶんこ》小説賞《しょうせつしょう》 金《きん》賞《しょう》受賞《じゅしょう》
いみちぇん!
意味チェンジ!
作《さく》／あさばみゆき
絵《え》／市井《いちい》あさ
①今日《きょう》からひみつの二人組《ふたりぐみ》
②ピンチ! 矢神《やがみ》くんのライバル登場《とうじょう》!
わたし、モモ。
フツーの5年生《ねんせい》…のはずが!
転校生《てんこうせい》の矢神《やがみ》くんといっしょに
ヒミツのお役目《やく》《め》やってます!
虹
蝶
イケメン男子《だんし》・矢神《やがみ》くんとの出会《であ》いは、トラブルのはじまり!? 愛読書《あいどくしょ》は「漢字辞典《かんじじてん》」。そんな地味系女子《じみけいじょし》のわたしが…世界《せかい》の平和《へいわ》を守《まも》ることになっちゃった!? しかも武器《ぶき》は…筆《ふで》!? そんなのムリだって!
漢字《かんじ》を書《か》きかえて
蜂《はち》
虹《にじ》
敵《てき》の攻撃《こうげき》をかわせ!

＼まずはここから！↓／

第《だい》1回角川《かいかどかわ》つばさ文庫小説賞《ぶんこしょうせつしょう》

〈一般部門《いっぱんぶもん》〉大賞《たいしょう》受賞作《じゅしょうさく》

四《よ》年《ねん》霊《れい》組《くみ》こわいもの係《がかり》

友花《ともか》が四年生《ねんせい》だったときのお話《はなし》。
はじめて「霊組《れいくみ》」に行《い》った友花《ともか》は…!?

五《ご》年《ねん》霊《れい》組《くみ》こわいもの係《がかり》

①友花《ともか》、死神《しにがみ》とクラスメートになる。

史上初《しじょうはつ》の「2年連続《ねんれんぞく》でこわいもの係《がかり》」に
なった友花《ともか》。もはやベテラン!?
ところがなんとクラスに死神《しにがみ》が…。

②友花《ともか》、悪魔《あくま》とにらみあう。

死神《しにがみ》（見習《みなら》い）ミアンと、な、なんと
バレンタインチョコで「対決《たいけつ》」する
ことになった友花《ともか》だけど!?

③春《はる》、霊組《れいくみ》メンバーと対決《たいけつ》する。

友花《ともか》の後《あと》をついで46代《だい》めのこわいもの係《がかり》
になった春《はる》。はじめてのお仕事《しごと》は、
なんと霊組《れいくみ》の悪《わる》だくみをあばくこと!?

五《ご》年《ねん》霊《れい》組《くみ》
こわいもの係《がかり》
作《さく》／床丸迷人《とこまるまよと》
絵《え》／浜弓場双《はまゆみばそう》
あさひ小学校《しょうがっこう》の古《ふる》〜い校舎《こうしゃ》に
よってくる、幽霊《ゆうれい》やおばけ…
でも、だいじょうぶ☆
〈こわいもの係《がかり》〉がぜ〜んぶ
解決《かいけつ》しちゃうから!!
いま、最高の話題作!!
あっという間に
累計
23万部!!

角川つばさ文庫発刊のことば

角川グループでは『セーラー服と機関銃』(81)、『時をかける少女』(83・06)、『ぼくらの七日間戦争』(88)、『リング』(98)、『ブレイブ・ストーリー』(06)、『バッテリー』(07)、『DIVE!!』(08)など、角川文庫と映像とのメディアミックスによって、「読書の楽しみ」を提供してきました。

角川文庫創刊60周年を期に、十代の読書体験を調べてみたところ、角川グループの発行するさまざまなジャンルの文庫が、小・中学校でたくさん読まれていることを知りました。

そこで、文庫を読む前のさらに若いみなさんに、スポーツやマンガやゲームと同じように「本を読むこと」を体験してもらいたいと「角川つばさ文庫」をつくりました。

読書は自転車と同じように、最初は少しの練習が必要です。しかし、読んでいく楽しさを知れば、どんな遠くの世界にも自分の速度で出かけることができます。それは、想像力という「つばさ」を手に入れたことにほかなりません。

「角川つばさ文庫」では、読者のみなさんといっしょに成長していける、新しい物語、新しいノンフィクション、角川グループのベストセラー、ライトノベル、ファンタジー、クラシックスなど、はば広いジャンルの物語に出会える「場」を、みなさんとつくっていきたいと考えています。

読んだ人の数だけ生まれる豊かな物語の世界。そこで体験する喜びや悲しみ、くやしさや恐ろしさは、本の世界の出来事ではありますが、みなさんの心を確実にゆさぶり、やがて知となり実となる「種」を残してくれるでしょう。

かつての角川文庫の読者がそうであったように、「角川つばさ文庫」の読者のみなさんが、その「種」から「21世紀のエンタテインメント」をつくっていってくれたなら、こんなにうれしいことはありません。

物語の世界を自分の「つばさ」で自由自在に飛び、自分で未来をきりひらいていってください。

ひらけば、どこへでも。――角川つばさ文庫の願いです。

角川つばさ文庫編集部